VOYAGE AU MOYEN ÂGE

Vous aimez les livres de la série

Sabrina
l'apprentie sorcière

Écrivez-nous
pour nous faire partager votre enthousiasme :
Pocket Jeunesse, 12, avenue d'Italie, 75013 Paris.

l'apprentie sorcière

Voyage au Moyen Âge

Cathy East Dubowski

Traduit de l'américain par Nouannipha Simon

Titre original :
Milady's Dragon

Publié pour la première fois en 2001
par Pocket Books, États-Unis

Loi n° 49 956 du 16 juillet 1949 sur les publications destinées
à la jeunesse : janvier 2004.

ISBN 2-266-13043-9

Tu as envie de lire des romans drôles,

pétillants, irrésistibles ?

Abracadabra !

La série

Sabrina

l'apprentie sorcière

est faite pour toi !

1

Un monde de brutes !

Sabrina engagea la voiture vers la sortie du fast-food et piocha dans le cornet de frites posé sur le siège passager. Son ventre criait famine, elle ne pouvait attendre une minute de plus.

Mais d'où venait cette odeur de brûlé ?

Les frites... elles étaient à moitié carbonisées !

Elle avait faim mais pas au point de manger ça ! Rapidement, elle fit marche arrière.

— Excusez-moi... dit-elle au serveur, j'ai un petit problème avec ma commande.

Elle attrapa le cornet de frites et le lui tendit.

— Vous voyez... Elles sont toutes brûlées.

Le serveur jeta un vague coup d'œil aux frites et haussa les épaules.

La voiture suivante klaxonna.

— Vous bloquez la file, lâcha le serveur, toujours aussi impassible.

— Et... et mes frites ?

— Qu'est-ce qu'elles ont, vos frites ?

— Vous voyez bien qu'elles sont immangeables !

— Les gens les aiment bien cuites, elles n'en sont que plus croustillantes.

— Croustillantes ? Vous plaisantez : c'est du charbon !

Il attrapa le cornet de frites d'un air excédé et alla en chercher un autre.

Un tonnerre de klaxon se fit entendre.

— Ça vient... murmura Sabrina en levant les yeux au ciel.

De longues minutes plus tard, le serveur revint avec un nouveau cornet qu'il tendit à la jeune fille sans dire un mot.

— Merci beaucoup, fit-elle poliment.

Il se contenta de l'ignorer.

Sabrina en eut le souffle coupé ! Pas un regard, pas une excuse, pas un remerciement pour l'attente, rien. Et on ose dire que le client est roi ?

— Je me demande bien pourquoi je viens encore dans cet endroit... se reprocha-t-elle en remettant son moteur en marche.

— Parce que c'est pratique ! lui répondit une voix de la banquette arrière.

Elle sursauta et faillit percuter un poteau électrique !

— Salem ?

— Bonne pioche !

Le chat noir des Spellman passa sa tête entre les deux sièges avant. Salem Saberhagen était en réalité un puissant sorcier qui avait été puni pour avoir tenter de conquérir le monde. Il était désormais condamné à vivre sous l'apparence d'un chat pendant un siècle entier. Tous ses pouvoirs lui avaient été retirés, sauf la faculté de parler. Et on ne pouvait pas dire qu'il avait la langue dans sa poche !

— Ne refais plus jamais ça ! s'exclama Sabrina. J'étais à deux doigts de l'attaque cardiaque.

— Tu m'en vois sincèrement désolé.

— Que fabriques-tu ici ?

9

— Je cherche un refuge.

— Comment ça ?

Il fit un bond gracieux pour s'installer à l'avant de la voiture.

— C'est à cause de tes tantes. Elles n'arrêtent pas de se chamailler. À croire qu'elles ont six ans et non six *cents* ans ! Quand elles s'y mettent, elles deviennent vite insupportables. Tu le sais bien !

— Tu veux dire qu'elles en oublient de te nourrir ? le taquina la jeune fille.

— En fait... j'ai le ventre qui me démange depuis tout à l'heure, avoua-t-il en roulant sur le dos pour que Sabrina puisse le gratter.

Elle comprenait que Salem ait fui la maison. Elle se souvenait des disputes incessantes de ses tantes comme si c'était hier. La vie avec ses colocataires actuels était bien plus facile. Morgan, Miles et Roxie, des étudiants comme elle, s'entendaient à merveille.

— Roxie m'a prêté sa voiture à condition que je lui ramène ses burgers préférés, poursuivit Sabrina.

Habituellement, la jeune sorcière utilisait ses pouvoirs pour se zapper des hamburgers et des frites, mais l'Autre Royaume se fournissait exclusivement chez Burger Queen, une marque inconnue des mortels.

Salem jeta un coup d'œil dans le sac en papier.

— Y a-t-il un burger au poisson pour moi ?

— Bas les pattes ! Il est hors de question que je refasse une demi-heure de queue.

— Mais...

— ... Tiens.

Une boîte en carton apparut devant lui dans un nuage d'étincelles.

— Une pizza !

— Aux anchois, comme tu les aimes.

Le reste du trajet se déroula en silence car il ne leva pas le museau avant d'avoir englouti sa pizza jusqu'à la dernière miette.

Sabrina se gara devant la maison et Salem émit un rot retentissant.

— On va dire que c'est une marque de politesse, comme le veut la coutume arabe, commenta-t-elle en faisant la grimace.

Puis elle coupa le contact, saisit le sac en papier et sortit de la voiture.

Salem bondit à sa suite.

— Tu n'as quand même pas l'intention de venir chez moi ?

— J'allais justement te le demander ! Dis, tu veux bien m'héberger quelques jours ?

Elle poussa un profond soupir mais ne put résister à son regard implorant.

— D'accord. À condition de rester discret.

— Ne t'inquiète pas. Tes colocataires ne se rendront même pas compte que je suis là, promis.

Une fois arrivée, la jeune fille posa la nourriture sur la table de la cuisine et attendit que l'odeur attire Morgan, Miles et Roxie hors de leur chambre. Il ne fallut pas plus de dix secondes pour qu'ils se jettent sur les hamburgers.

— Hé ! Les frites ne sont même pas cuites ! se plaignit Miles.

— Tu plaisantes ? s'exclama Sabrina.

Elle s'empara du cornet de frites et vérifia par elle-même.

— Berk, tu as raison, elles ont à peine été trempées dans l'huile... C'est fou !

Elle pointa discrètement son doigt vers

les autres cornets de frites. Autant limiter les dégâts...

— Alors ? Celles-ci sont meilleures ? demanda-t-elle à Miles.

— Ouais ! grommela-t-il la bouche pleine.

— Où est mon chausson aux pommes ? intervint Morgan en fronçant les sourcils. Tu ne l'as pas oublié, j'espère ?

— Non, je suis sûre de l'avoir commandé.

Elle vérifia au fond du sac mais ne trouva aucun chausson aux pommes. Un regard vers Morgan lui confirma que son amie n'était pas prête à la croire.

Et zap ! Un sachet vide tomba par terre. Elle le ramassa et le tendit à Morgan.

— Tiens, le voilà.

— Qu'est-ce qui est écrit ? « Burger Quee... » ?

Sabrina lui retira aussitôt le sachet des mains.

— Je vais le mettre dans une assiette, ce sera mieux.

Elle se leva et se débarrassa de l'emballage avant de rendre son dessert à Morgan.

Roxie au moins avait toute sa commande.

Au moment de prendre son gobelet de soda, elle se tourna vers Sabrina.

— Lequel est sans sucre ?

Oups. La jeune sorcière avait oublié d'en demander un sans sucre.

« Après avoir englouti trois millions de calories avec tous ces hamburgers-frites, je me marre... » songea-t-elle, excédée.

Elle posa son index sur l'une des boissons et fit apparaître le mot « light » sur le gobelet.

— Celui-ci.

Elle n'avait plus qu'à croiser les doigts pour que Roxie ne fasse pas la différence. Cette dernière hocha la tête, prit le gobelet et se retira dans sa chambre. Morgan et Miles se levèrent d'un même mouvement et tous trois laissèrent Sabrina seule devant une table jonchée d'emballages vides.

— Il n'y a pas de quoi, fulmina-t-elle.

Personne ne lui répondit.

Dépitée, elle fouilla dans les papiers gras pour trouver de quoi manger. Il ne restait que le cornet de frites à peine cuites et dégoulinantes d'huile.

— Super...

Après avoir vérifié qu'elle était seule, elle se zappa du Burger Queen.

Il y avait toujours beaucoup de monde le vendredi soir au café où Sabrina travaillait à mi-temps, mais ce vendredi-là était particulièrement éprouvant. Même si elle avait eu le droit d'utiliser ses pouvoirs magiques pour se dédoubler, elle n'aurait pas réussi à satisfaire tous les clients.

— Mademoiselle ! l'interpella un vieux monsieur à moustache. Pourrais-je avoir mon café au lait ?

— J'arrive ! promit-elle avec un sourire crispé.

Josh, son patron, lui tendit un plateau plein de chocolats chauds et de gâteaux.

— Sabrina, tu veux bien emmener ça au groupe de jeunes, près de la porte ? Tiens, voici le ticket de caisse, ça fait seize dollars et quatre-vingt-quinze cents en tout.

— D'accord.

La jeune fille emmena la commande. À la table, trois garçons et deux filles discutaient joyeusement.

15

— Cela fera seize dollars quatre-vingt-quinze cents.

— C'est à ton tour de payer, Art, déclara l'un d'eux. C'est moi qui vous ai invités la dernière fois.

— Pas question. Je te rappelle que c'est moi qui vais payer les places de cinéma.

Il se tourna alors vers le troisième garçon et lui donna un coup de coude.

— Cette fois-ci, tu ne pourras pas y échapper, Jeremy. L'addition est pour toi !

Le fameux Jeremy sortit son portefeuille et prouva à tout le monde qu'il était vide. Les filles pouffèrent de rire bêtement.

— Tu vois bien que je suis fauché !

Puis il leva les yeux vers Sabrina.

— Il faut que j'aille retirer de l'argent au distributeur. Est-ce qu'on peut vous payer dans cinq minutes ?

— Bien sûr. Je reviendrai tout à l'heure.

— Mademoiselle ! Mademoiselle ! l'appela une dame à une table voisine. Il n'y a plus de serviettes en papier.

— J'en apporte tout de suite, madame. Le temps d'aller à la réserve.

— Dépêchez-vous, j'en ai plein partout.

Malgré l'air excédé de la cliente, la jeune fille réussit à garder son calme *et* son sourire. Elle fit le plus vite possible, mais à son retour la dame était déjà partie. Elle eut à peine le temps de recharger le distributeur de papier que d'autres clients l'appelèrent pour passer leur commande.

C'est alors qu'elle se rendit compte qu'ils n'étaient plus là...

Ils, c'est-à-dire le groupe d'étudiants qui n'avaient pas encore payé.

Après avoir apporté du sucre en poudre à un jeune couple, Sabrina se précipita vers leur table. Peut-être avaient-ils tout simplement laissé l'argent avant de s'en aller ?

Il n'y avait que des tasses vides et des serviettes roulées en boule. Elle crut défaillir... Ils étaient bien partis sans payer !

Qu'allait-elle pouvoir dire à Josh ?

Tiens... une enveloppe... « Pourboire », lut-elle.

Son visage s'illumina et elle l'ouvrit, soulagée.

Il y avait un mot dedans :

« Un conseil : ne laissez pas les clients partir sans payer. »

Rien d'autre. Zut, zut et zut !

Elle sortit en trombe du café et les chercha des yeux parmi la foule du centre commercial. Ils devaient être loin, maintenant... Les imbéciles ! Et ils se croyaient malins !

Pour couronner le tout, leur table était dans un état lamentable... Il y avait des miettes partout et du chocolat même sur les sièges !

Furieuse, elle débarrassa les couverts sales et les emporta à la cuisine.

En voyant sa mine renfrognée, Josh alla à sa rencontre.

— Sabrina ? Que se passe-t-il ? Pourquoi es-tu sortie du café en courant ?

— J'essayais de retrouver le groupe qui est parti sans payer. Je suis désolée, Josh, j'aurais dû faire plus attention.

— Tu n'es pas la première à qui cela arrive, la rassura-t-il avec un sourire chaleureux.

— Excusez-moi ! les interpella une grande blonde accoudée au comptoir. Est-ce qu'il serait possible de commander quelque chose à boire ou est-ce que vous êtes là pour faire de la figuration ?

Sabrina dut se retenir pour ne pas transformer cette pimbêche en crapaud gluant.

Cela n'échappa pas à Josh qui lui donna un coup de coude pour la rappeler à l'ordre.

— Souris, Sabrina, chuchota-t-il. Souviens-toi que le client est roi.

— C'est vrai, réussit-elle à marmonner.

Elle esquissa une grimace en guise de sourire et fourra ses mains dans les poches de son tablier pour ne pas être tentée de lancer un sort.

« Pourquoi les gens sont-ils si désagréables ? »

2

Une robe de princesse

Les choses ne s'arrangèrent pas le lendemain.

Sabrina était passée chez ses tantes pour récupérer des affaires. Allez savoir pourquoi, Hilda et Zelda étaient d'une humeur massacrante.

Rien n'allait comme elles voulaient. Elles ronchonnaient à propos de tout et prirent leur nièce comme cible principale.

— Moi, quand j'avais ton âge... répétait sans cesse Zelda.

— Quand tu avais mon âge, c'était au Moyen Âge... finit par riposter Sabrina, excédée par leurs reproches. Tout était plus simple que maintenant et les étudiants n'avaient pas autant de cours.

— Ne sois pas insolente. Aie un peu de respect pour tes aînées.

— Mais je n'ai rien dit de mal ! Quand tu avais mon âge, on était bien au Moyen Âge !

— Tu vois ? intervint Hilda. Voilà que ça recommence.

— Je... voulut se défendre la jeune fille, mais elle préféra leur laisser le dernier mot.

Cela ne servait à rien de s'énerver. Sabrina savait très bien que, en réalité, ses tantes regrettaient son départ de la maison. Voilà pourquoi elles avaient les nerfs à fleur de peau. C'était une façon bizarre de réagir, mais qu'est-ce qui n'était pas bizarre avec Hilda et Zelda ?

Dans l'espoir de détendre l'atmosphère, elle décida de changer de sujet de conversation :

— Et si on allait à la fête foraine cet après-midi ? La mairie a organisé une reconstitution médiévale ce week-end. Les forains sont habillés comme au Moyen Âge et il y aura même un tournoi de chevalerie.

— Comme tu l'as si bien fait remarquer, nous avons connu ça en vrai, ronchonna Hilda.

— Je croyais que tu devais réviser tes partiels ? objecta Zelda avec un air sévère.

— Je sais. Mais rien ne m'empêche de me détendre une heure ou deux. C'est bien toi qui m'as conseillé de ne pas m'abrutir pendant mes révisions ? Et puis, j'en profiterai pour manger une de ces énormes cuisses de dinde rôtie.

Salem fit irruption dans la cuisine.

— Une volaille rôtie ? Où ça ?

Les yeux pétillants, il salivait d'avance.

Zelda fit la moue, croisa les bras et réfléchit en se mordillant les lèvres.

— Si tu avais besoin d'en savoir plus sur le Moyen Âge, tu n'avais qu'à me le demander. Non seulement j'ai un doctorat d'histoire mais, en plus, j'y étais en chair et en os.

— Je ne voulais pas t'ennuyer avec ça...

À vrai dire, Sabrina y avait bien pensé, mais la vision *très personnelle* que ses tantes avaient du Moyen Âge n'aurait pu être d'un grand secours. Détail qu'elle préférait ne pas leur avouer...

— Comme si cela pouvait m'ennuyer !

Zelda se servit une tasse de thé et s'assit à table.

— Que voulais-tu me demander ? enchaîna-t-elle.

— En fait... Je... je me demandais si l'une de vous avait gardé des robes de cette époque. M'habiller en dame de la cour devrait m'aider à mieux comprendre leur façon de vivre.

Hilda secoua la tête.

— Je me suis débarrassée de toutes ces vieilleries. Trop strictes, trop empruntées. Trop...

— Serrées ? la taquina sa sœur.

— Qui n'a pas pris quelques kilos pendant la Renaissance ?

Zelda pouffa de rire et se tourna vers Sabrina.

— J'ai gardé quelques robes de ma jeunesse et elles devraient t'aller. Mais prends-en soin, et ne renverse rien dessus quand tu manges, j'y tiens beaucoup.

— Tout ça depuis que j'ai renversé une

malheureuse goutte de vin sur le corset qu'elle m'a prêté en 1597...

— Tu parles d'une goutte ! Toute la carafe y était passée.

— C'est faux ! De toute façon, ce truc n'était plus à la mode.

— Tiens donc. Pourquoi avais-tu insisté pour me l'emprunter, alors ?

— Tante Hilda ! Tante Zelda ! Vous n'allez pas vous chamailler pour une histoire vieille de quatre siècles !

Les deux jeunes femmes se turent, mais continuèrent de se lancer des regards noirs.

— Je te promets de ne pas abîmer ta robe, tante Zelda.

Cette dernière la gratifia d'un large sourire.

— Je n'en doute pas, mon cœur. Viens, je vais te les montrer ; tu pourras choisir celle que tu voudras.

À peine venait-elle de finir sa phrase que le grille-pain – leur boîte aux lettres magique – éjecta un message de l'Autre Royaume.

— Vas-y, Hilda, fit Zelda. Lis-le-nous.

Les yeux fixés sur l'enveloppe blanche, Hilda semblait hésiter.

— Non, c'est toi l'aînée, après tout.

Zelda secoua la tête d'un air agacé.

— Merci de me le rappeler.

Elle saisit l'enveloppe et l'ouvrit. Une feuille s'en échappa, s'éleva dans les airs et se fixa à hauteur de leurs yeux.

C'était une convocation du Conseil des sorciers. Les sœurs Spellman devaient s'y rendre sur-le-champ.

— Désolée, fit Zelda en se tournant vers sa nièce. Nous nous occuperons de tes révisions à mon retour.

Puis, d'un claquement de doigts, elle troqua sa robe en flanelle pour un tailleur strict bleu nuit avec des talons aiguilles assortis et une mallette en cuir. Elle toisa ensuite sa cadette d'un air sévère.

— Tu ne vas pas y aller avec ce vieux jean et ce T-shirt à l'effigie des Beatles ?

— Il ne te plaît pas, mon T-shirt ?

Hilda prit Sabrina à témoin.

— Il faut toujours qu'elle trouve à redire à ma façon de m'habiller. Et toi, que penses-tu de ma tenue ? C'est bien assez élégant pour le Conseil des sorciers, non ?

— Euh... C'est-à-dire que...

La pauvre Sabrina détestait se retrouver au milieu des disputes de ses tantes.

— Bon, on ferait mieux de se dépêcher, coupa Zelda.

Elle pointa son index sur Hilda et la revêtit du même tailleur que le sien, en lin beige.

— Mais... s'étrangla cette dernière.

— Tu es ravissante, déclara sa sœur en l'entraînant à l'étage.

— Quel intérêt d'être *ravissante* ? Ce que je veux, moi, c'est être *différente*. Vois plutôt.

Elle se zappa une longue robe indienne bariolée.

Zelda leva les yeux au ciel et la changea de nouveau en tailleur beige.

Leur petit manège dura le temps de se rendre au premier, devant l'armoire à linge.

— Tante Zelda ! cria Sabrina restée au pied de l'escalier. Et ma tenue médiévale ?

— Oh, oui, bien sûr, ma chérie. Où avais-je la tête ! Tu trouveras mes robes au grenier. Elles sont pendues dans le grand placard du fond. N'oublie pas : j'y tiens comme à la prunelle de mes yeux !

— Merci, tante Zelda. Je te promets de faire attention. Je parie que je serai la seule à porter une véritable robe du Moyen Âge !

— Vu les goûts de Zelda, tu auras vraiment l'air d'une vieille chose, contre-attaqua Hilda.

Cette remarque ne fit que relancer de plus belle leurs chamailleries. Sabrina se demandait laquelle des deux aurait le dessus et quelle tenue Hilda allait finalement arborer au Conseil quand un coup de tonnerre annonça leur départ pour l'Autre Royaume.

Ce placard est bien plus pratique et plus rapide que le métro, se dit la jeune fille en s'élançant au grenier. Aucun mortel n'aurait pu deviner que ce vieux meuble de famille, où s'entassaient draps et serviettes de bain, était en réalité un portail sur l'autre dimension...

Sous les combles de la maison, les sœurs Spellman entreposaient les souvenirs de leur longue vie parmi les mortels. Une lucarne laissait passer la lumière du soleil et éclairait tout ce bric-à-brac. Sabrina se fraya un chemin au milieu des cartons et des malles. Toutes ces antiquités devaient valoir une fortune !

Elle trouva dans l'armoire du fond, soigneusement pendues à des cintres, des dizaines de robes de soirée d'époques différentes. On aurait dit la garde-robe d'une école de théâtre !

Elle les examina une à une, mettant de côté celles qui correspondaient le plus aux tenues des demoiselles de la cour du roi Arthur. Une somptueuse robe rouge sombre attira son attention. C'était la seule à être protégée par une housse en plastique transparent.

La jeune fille défit la fermeture Éclair et retira la robe de son étui. Elle en eut le souffle coupé ! Quelle douceur...

Elle ne put résister à la tentation de l'essayer tout de suite, et enleva son jean et son T-shirt pour passer cette tenue de princesse.

La soie épousa parfaitement sa silhouette.

Le cœur battant, elle se posta devant un miroir en pied.

« Wouah... On la dirait faite pour moi ! »

Elle tourna ensuite sur elle-même. Un instant, c'était comme si elle se retrouvait projetée dans le passé... Toutes les filles rêvent de porter un jour une robe pareille !

Les longues manches évasées recouvraient en partie ses mains et c'est en les lissant que Sabrina remarqua un petit renflement au revers de l'une d'elles. Elle y regarda de plus près et découvrit une poche secrète.

Il y avait quelque chose dedans ! Un splendide collier en or avec une émeraude de la taille d'une pêche... Elle le passa tout de suite autour de son cou. Le rouge sombre de la robe rehaussait l'éclat de la pierre. Vu sa taille, ce ne pouvait être qu'un bijou fantaisie, se dit-elle ; tante Zelda ne verrait certainement aucun inconvénient à ce qu'elle le porte.

Voilà, son choix était fait. Grâce à cette robe, elle allait faire sensation à la fête médiévale !

Elle replaça les autres tenues dans l'armoire et descendit dans sa chambre prendre son sac à main. Cela n'allait pas très bien avec sa robe de princesse, mais bon, il fallait bien savoir vivre avec son temps !

Salem se prélassait au soleil, allongé sur le rebord de la fenêtre du salon.

— Comment tu me trouves ? demanda-t-elle en tournant sur elle-même.

— Je ne savais pas que tu allais à un carnaval !

— Très drôle... Tu tiens vraiment à mourir de faim ?

— Ah, si tu me prends par les sentiments... (Il se leva et s'étira longuement.) Zappe-moi quelques dizaines de cuisses de dinde avant de t'en aller, s'il te plaît.

— Rien que ça !

Ce chat allait finir obèse à force de manger, mais elle se laissa attendrir. À vrai dire, depuis son départ de la maison, Sabrina cédait à presque tous les caprices de Salem. Elle le voyait si peu. Et puis, qui savait quand ses tantes allaient revenir de l'Autre Royaume ? Le temps ne s'écoulait pas de la même façon là-bas et les séances du Conseil des sorciers pouvaient durer des jours entiers. Pauvre minou.

Salem vint se frotter contre ses jambes et lui fit les yeux doux.

— D'accord, tu peux m'accompagner, si tu veux.

Il ne se fit pas prier et bondit dans ses bras en ronronnant.

— Prêt ? C'est parti !

Sabrina claqua des doigts et ils prirent tous deux le chemin le plus rapide pour se rendre à la fête foraine : celui de la magie.

Les forains s'étaient installés au milieu des bois. Une longue allée d'arbres menait aux principales activités. Une légère brise soufflait dans les feuillages, laissant passer les rayons du soleil. C'était une journée magnifique. Sabrina et Salem suivaient les promeneurs au rythme des mélodies médiévales. En fin de compte, presque tout le monde était déguisé et on aurait vraiment pu se croire au Moyen Âge.

C'était encore plus frappant une fois arrivé à l'entrée de la fête. Un panneau accueillait les visiteurs en ces termes :

« Oyez, oyez. Vous qui pénétrez dans cette enceinte, laissez derrière vous les soucis du monde moderne et découvrez celui des chevaliers au cœur noble. Admirez la beauté des dames du temps passé. »

— Je n'y manquerai pas ! s'exclama Sabrina.

— J'ai faim, déclara Salem.

Un gargouillement confirma ses paroles.

— T'arrive-t-il de penser à autre chose qu'à ton estomac ? le taquina-t-elle.

— Oui, pas plus tard que jeudi dernier entre neuf heures et midi. J'avais rendez-vous avec mon bookmaker, euh... je veux dire mon agent de change.

Il sauta de ses bras et marcha à côté d'elle en humant l'air.

Le chemin débouchait sur une clairière inondée de soleil.

— Wouah... C'est superbe ! murmura Sabrina émerveillée.

Des fanions de toutes les couleurs volaient au vent. Les forains accueillaient les visiteurs en tenues chamarrées et les invitaient à s'arrêter un instant à leur stand. Il y en avait pour tous les goûts : des jouets en bois peints à la main, des bijoux en émaux, des rubans, des fleurs en papier...

Attiré par le fumet des tourtes et des volailles rôties, Salem se rendit tout droit à un stand de nourriture.

— Que puis-je vous servir, gente damoiselle ? demanda une dame rondelette à Sabrina. J'ai d'excellentes tourtes à la viande et du cidre frais.

La jeune fille contempla l'étal de marchandises et se sentit une faim de loup. Les tourtes avaient l'air particulièrement appétissantes.

— Donnez-m'en deux comme ça.

Elle paya la vendeuse, en donna une à Salem et mordit à belles dents dans la sienne.

— Humm... Qu'est-ce que c'est, cette viande ?

La femme la gratifia d'un clin d'œil malicieux.

— Du pigeon.

— Quoi !

Sabrina faillit s'étrangler. Etait-ce une blague ? Difficile à dire. La vendeuse était morte de rire. Quoi qu'il en soit, Sabrina préféra s'en tenir au cidre et se contenta d'un chausson aux pommes.

— Si tu n'en veux pas, moi, je ne dis pas non, fit savoir Salem en se léchant les babines.

Puis ils reprirent leur chemin au milieu des acrobates et des jongleurs.

Un ménestrel fredonnait une chanson d'amour sur un air de mandoline.

— Ce morceau a fait un malheur en son temps ! s'exclama Salem, nostalgique. Je m'en souviens comme si c'était hier...

Une jeune fille traversait la foule et proposait des philtres d'amour aux promeneurs médusés.

Sabrina s'arrêta à un stand et essaya une couronne de fleurs.

— Vous êtes ravissante, gente damoiselle, la complimenta le vendeur. Présentez-vous au tournoi des chevaliers, ils se battront tous pour avoir l'honneur de vous plaire.

Elle sourit à cette flatterie et lui fit la révérence pour le remercier. Elle paya son achat puis se dirigea vers le tournoi. Le terrain était plus boueux et elle dut soulever les pans de sa robe pour ne pas la salir. Tante Zelda n'avait aucun souci à se faire !

À peine avait-elle fait un pas qu'un chevalier s'élança à sa rencontre, jeta sa cape au sol et mit un genou à terre.

— Je vous en prie, gente damoiselle.

Il retira son chapeau et courba la tête.

— Votre beauté m'éblouit plus encore que l'astre du jour. Daignez fouler ma modeste cape et passer votre chemin sans maculer votre robe.

Sabrina se mordit les lèvres pour ne pas éclater de rire.

« Ah, si seulement j'étais née à cette époque... » ne put-elle s'empêcher de penser. Elle gratifia le chevalier d'un léger signe de tête et fit semblant de ne pas entendre Salem s'étouffer derrière elle.

— Noble sire, votre attention me touche infiniment, mais je ne voudrais salir la cape d'un valeureux chevalier.

Le beau jeune homme lui adressa un clin d'œil complice et s'inclina encore plus bas.

— Ne vous souciez pas pour cela, gente damoiselle, il y a plein d'autres capes fraîchement lavées et repassées dans la roulotte des costumes.

— Ah, puisque vous le dites !

La jeune sorcière souleva le bas de sa robe et marcha sur la cape, le cœur léger. Salem fit de même, le museau en l'air.

— Mon chat et moi vous sommes fort reconnaissants, noble chevalier.

— Le plaisir est pour moi, gente damoiselle, déclara-t-il avant de lui faire le baise-main.

— Hum... C'est que je commence à aimer ça, moi.

— Moi aussi !

Il se releva et ajouta :

— Trêve de plaisanterie, tu es étudiante à Westbridge ?

— Oui, à l'université Adams.

— C'est vrai ? Moi aussi. Je suis censé réviser mes partiels de médecine, mais, comme tu peux le voir, l'appel de la scène est plus fort... Je vais peut-être changer de voie et m'inscrire en théâtre ! Et toi, en quoi es-tu inscrite ?

— Journalisme. Mais je prends aussi des cours de toutes sortes, au cas où je changerais d'avis. J'aime bien varier les plaisirs et essayer de nouvelles choses.

— Alors, peut-être que tu aimerais

essayer un nouveau petit copain ? (Il rougit.)

Sabrina gloussa.

— S'il est aussi galant que l'étaient les chevaliers du Moyen Âge, pourquoi pas !

— Ça, il l'est... enfin, je le suis.

Il avait l'air tellement sincère qu'elle accepta son numéro de portable et lui promit de le rappeler la semaine suivante.

— On pourrait réviser ensemble, ou tout simplement aller au cinéma...

— D'accord. Au fait, je m'appelle Sabrina, et toi ?

— Tu ne vas peut-être pas le croire, mais je m'appelle Richard.

Il se dandina d'un pied sur l'autre, un peu gêné.

— Non, c'est vrai ? Comme Richard Cœur de lion !

— Ben, oui... Avec un prénom pareil, je n'ai eu aucun mal à me faire engager comme chevalier. (Il jeta un coup d'œil circulaire.) En parlant de travail, gente damoiselle, je dois vous quitter. Mon devoir m'appelle ailleurs.

Il ramassa sa cape toute tachée et la tint à bout de bras.

— Adieu, belle damoiselle, n'oubliez pas de m'appeler.

— Au revoir, Richard ! lança Sabrina en s'éloignant.

— Ah, ces jeunes ! murmura Salem, les yeux au ciel.

— Quoi ? Il était charmant, ce garçon. C'est le premier à se montrer aussi gentil avec moi depuis une éternité.

Sabrina et Salem se promenèrent parmi les différents stands de tir et de jeux. Un cercle de curieux s'était formé autour d'un archer particulièrement habile qui avait atteint plusieurs fois de suite la cible en plein mille.

Soudain, sans crier gare, Salem partit comme une fusée à travers le champ de tir. Il venait d'apercevoir un stand de rôtisserie au loin. Sabrina s'élança derrière lui, l'attrapa en pleine course et le serra contre elle. Du coin de l'œil, elle vit la flèche que venait de décocher l'archer. Ils se trouvaient au beau milieu de sa trajectoire...

Le cœur battant, elle lança un sort en

catastrophe. Elle le dit si vite qu'elle se demanda si elle l'avait prononcé à voix haute ou pas :

> *Ô damoiselle du temps jadis,*
> *de vos errances soyez délivrée,*
> *qu'un souhait avec diligence prononcé,*
> *vous renvoie aussitôt au logis.*

L'émeraude à son cou brilla d'un éclat qui surpassait la lumière du soleil...

Et la flèche fonça droit sur eux...

Sabrina sentit alors son corps se dématérialiser et une douce torpeur la gagner.

3

Au temps jadis

Sabrina se sentit flotter dans le vide. Elle atterrit sur le sol dans un bruit sourd.

— Aïe ! cria Salem qui, manifestement, n'était pas retombé sur ses pattes.

La jeune sorcière resta un instant par terre, soulagée de n'avoir pas été transpercée par la flèche... mais elle avait mal partout.

— Wouah, je n'avais jamais lancé un sort aussi vite de toute ma vie ! Je n'en reviens pas que ça ait marché...

— Aie la gentillesse de me prévenir, la prochaine fois.

Il s'assit et entreprit de faire une toilette rapide.

— Remercie-moi plutôt de t'avoir sauvé la vie. Une seconde de plus et on jouait les cibles vivantes.

— Bon, d'accord, merci mille fois. Et si tu me disais maintenant où nous sommes ?

— À la maison, non ? En tout cas, c'est là que j'ai souhaité nous projeter.

Sabrina regarda autour d'elle et se rendit vite compte qu'elle n'était ni chez elle, ni chez ses tantes, mais au beau milieu d'une forêt. Peut-être n'avaient-ils pas quitté les bois de la fête foraine ? Aucun écho des réjouissances ne parvenait jusqu'à eux, pourtant le bois de Westbridge n'était pas très étendu.

— Nous voilà perdus... Je suis sûr qu'il y a des bêtes sauvages affamées dans le coin, maugréa Salem. Ne nous éternisons pas ici.

— Que veux-tu qu'il nous arrive ?

À peine venait-elle de finir sa phrase que des bruits de sabots résonnèrent non loin.

— Écoute, murmura Salem en sautant dans les bras de sa jeune maîtresse.

Il tremblait comme une feuille.

Sabrina aperçut un cavalier foncer droit sur eux et eut juste le temps de se cacher

41

dans un fourré. Il y eut un cliquetis métallique et un hennissement nerveux. Le cavalier mit pied à terre.

— Bonjour ! lança-t-il d'une voix forte.

Sabrina et Salem gardèrent le silence.

— Je vous somme de vous présenter,
ordonna-t-il. Tout de suite, ou gare à mon
épée.

— Il n'y a personne... couina Salem.

Sabrina n'en crut pas ses oreilles ! Ce que
ce chat pouvait être bête, parfois...

— S'il n'y a personne, reprit l'homme,
amusé, qui parle ? (Il fit un pas vers le buisson dans lequel ils s'étaient réfugiés.) Que
vois-je là ?

Il tira Sabrina par le col de sa robe et la
libéra sur le chemin, face à lui.

— Gente damoiselle, veuillez pardonner
ma brutalité. N'ayez aucune crainte, je ne
vous veux aucun mal.

Il s'agenouilla et retira son heaume.

Sabrina essaya de faire bonne figure, lissa
sa robe et s'éclaircit la voix. L'homme
devait avoir une vingtaine d'années. Il por-
tait une lourde armure de chevalier sortie
tout droit d'un musée. Ses longs cheveux

noirs encadraient un visage fin et racé et tombaient avec délicatesse sur ses épaules. Qu'il était mignon !

« Il doit faire partie de la troupe d'acteurs engagés par les forains », songea Sabrina. Il lui semblait d'ailleurs familier. Comme elle avait honte à présent de s'être cachée dans les buissons !

— Hum, levez-vous, sire, je vous prie, réussit-elle à bafouiller.

Le chevalier se releva, mais garda la tête baissée.

— Je suis navré de vous avoir traitée de la sorte, ma damoiselle. Malheureusement, les chemins ne sont point sûrs de nos jours. Des gredins m'ont attaqué à plusieurs reprises. Êtes-vous perdue ?

Il plongea ses magnifiques yeux bleus dans les siens.

— Moi ? Non, je vous remercie.

Il eut l'air étonné.

— Que fait une damoiselle seule dans la forêt ?

Sabrina sourit.

— J'ai dû m'éloigner un peu trop de la

fête foraine. Faut-il repasser par le guichet d'entrée ou y a-t-il une autre sortie ?

— Le *guichet d'entrée* ? Une sortie ? De quoi parlez-vous, gente damoiselle ?

— Oh, ce n'est pas ce que vous croyez. J'ai passé un très agréable moment, mais je dois rentrer réviser mes examens d'histoire. Cette reconstitution est vraiment réussie.

— Réviser ? Reconstitution ?

Il semblait de plus en plus surpris.

Sabrina poussa un profond soupir. Décidément, ce garçon prenait son rôle très au sérieux. Tant pis, elle demanderait son chemin à quelqu'un d'autre.

— Savez-vous où je pourrais trouver Richard ? Ou comment sortir d'ici ?

Il écarquilla les yeux et secoua la tête.

— Je ne connais personne répondant au nom de Richard. En revanche, je peux vous guider en lieu sûr. (Il jeta un coup d'œil autour d'eux.) N'avez-vous aucune escorte, gente damoiselle ?

— Non, seul mon chat m'accompagne. (Elle mit ses mains en porte-voix et appela :) Salem ! Viens, on s'en va. N'aie pas peur, viens.

— Tu es sûre ? murmura ce dernier, toujours tapi dans les buissons.

— Mais oui ! le rassura-t-elle à voix basse. (Puis, plus fort :) Minou, minou, minou... Viens...

Salem finit par pointer le bout de son museau et bondit prestement dans les bras de sa maîtresse.

— Je vous suis, noble chevalier, déclara Sabrina.

Ce dernier resta interdit.

— Je ne saurais laisser une dame parcourir une telle distance à pied. De grâce, acceptez de monter à mon côté.

Il lui tendit la main pour l'aider à se mettre en selle.

Sabrina n'était pas une très bonne cavalière, mais elle fut touchée par la galanterie du jeune homme et se dit qu'il n'allait certainement pas se lancer au galop.

Elle monta en amazone et arrangea les pans de sa robe afin de ne pas l'abîmer. Le chevalier s'installa à califourchon derrière elle et prit les rênes en main. Ils chevauchèrent ainsi en silence. La jeune fille osait à peine respirer, ravie et gênée à la fois de le sentir si proche.

— Je me présente : Arthur, du château de Kensington, futur chevalier du roi, finit-il par déclarer.

— Je m'appelle Sabrina et vous suis reconnaissante de m'être venu au secours.

— Je ne fais que mon devoir, gente damoiselle.

— Chouette !

— Où cela ? Je n'ai pas vu d'oiseau de la sorte en ces bois depuis fort longtemps. Mais, n'ayez crainte, je saurai vous protéger. J'ai dû affronter des périls bien plus grands. Les bandits de grand chemin sévissent en nombre.

— Des bandits ?!

Elle jeta un regard inquiet autour d'eux.

« J'espère qu'ils ne vont pas pousser le réalisme jusqu'à reconstituer une attaque de voleurs... »

Elle n'avait aucune envie de se retrouver au milieu d'une démonstration d'armes, même si c'était « pour de faux ».

— Ne vous inquiétez pas, ma damoiselle, nous sommes bientôt arrivés.

— Merci, noble chevalier.

Le chemin se poursuivit tranquillement, le jeune homme n'adressant la parole à Sabrina que pour lui demander si tout allait bien.

Quelle gentillesse ! Elle n'en revenait pas.

Personne ne s'était jamais montré aussi galant avec elle.

— Bon, ce n'est pas que je m'ennuie, mais quand est-ce qu'on arrive ? grommela Salem tout bas.

— Chut ! Un peu de patience...

— Que se passe-t-il ? demanda Arthur. Pourquoi parlez-vous à votre chat, gente damoiselle ?

— Euh... Cela fait maintenant plusieurs jours que j'ai quitté les membres de ma famille et la nostalgie me gagne. Parler à mon chat me soulage un peu.

— Je comprends, je faisais la même chose avec un cochon, jusqu'à ce qu'on... ait dû le manger.

Que répondre à cela ? Sabrina se contenta de hocher la tête d'un air triste. Elle sentit les griffes de Salem s'enfoncer dans son bras.

Au bout de quelques minutes, Arthur annonça gaiement :

— Nous voilà bientôt arrivés, gente damoiselle. Le village n'est plus loin.

Elle eut beau scruter les environs avec attention, elle ne distingua rien parmi les arbres.

C'est alors qu'elle aperçut des espèces de chaumières en bois. Ce devait être la reconstitution d'un village médiéval, un peu à l'écart de la fête foraine.

Ils s'arrêtèrent à l'une des premières bâtisses et Arthur aida Sabrina à descendre de selle. Attiré par une odeur alléchante de pâté chaud, Salem reniflait l'air et se léchait déjà les babines. Cela fit rire Arthur, qui lui caressa la tête.

— Puis-je vous aider à retrouver votre famille, gente damoiselle ? Votre père, ou votre frère ?

— Oh, je suis venue seule.

On aurait dit qu'elle venait de lui annoncer la chose la plus saugrenue qui soit.

— Seule ? Quelle imprudence ! Vous ne devriez pas voyager ainsi sans compagnie.

Il s'inclina jusqu'à terre.

— Permettez-moi de me mettre à votre service jusqu'à ce que vous soyez auprès des vôtres.

— C'est très gentil de votre part, mais ce n'est pas la peine. Indiquez-moi seulement la sortie. Je me suis beaucoup amusée et vous jouez votre rôle à la perfection, vraiment.

— De quelle sortie parlez-vous ?

Malgré sa gentillesse et son charme, Sabrina commençait à trouver Arthur un peu fatigant et préféra couper court à son petit jeu.

— Écoutez, merci encore pour tout, c'était super. Maintenant, ce que je veux, c'est rentrer chez moi et je vais me débrouiller seule. Au revoir !

— Mais, gente damoi...

Elle avait déjà tourné les talons et s'éloignait à grands pas, suivie de près par Salem.

Ce n'était pas pratique de marcher avec sa robe de princesse !

« Je trouverai bien quelqu'un pour m'aider à sortir d'ici... Au pire, je ferai le tour du village et finirai par y arriver. »

Une terrible odeur l'assaillit soudain.

Cela venait d'une basse-cour où des cochons se roulaient dans la boue.

« De plus en plus réaliste, cette reconstitution ! »

Contrairement aux stands de la fête foraine, les maisons n'étaient pas très jolies. Les acteurs n'étaient pas aussi bien habillés, et on aurait dit qu'ils n'avaient pas pris de douche depuis des siècles ! Pour faire réaliste, c'était plutôt réussi !

— Sabrina, ralentis un peu, implora Salem à bout de souffle. J'aimerais te poser une question.

— Oui, qu'est-ce que tu veux savoir ?

Elle en profita pour vérifier qu'Arthur n'était plus dans les parages. Elle l'aperçut à l'autre bout du village, marchant avec difficulté à cause de son armure.

— Pourquoi t'obstines-tu à chercher la sortie ? demanda Salem. Tu n'as qu'à nous zapper à la maison.

— Je n'aime pas utiliser mes pouvoirs en public, mais tu as raison, ce sera plus rapide. (Puis, pensive, elle ajouta :) Ce que je ne comprends pas, c'est pourquoi mon sort n'a pas marché tout à l'heure...

— Peut-être à cause d'interférences avec des ondes radio ou un truc dans ce genre. Comme tu n'as pas eu beaucoup de temps pour lancer l'incantation, tu n'as pas dû concentrer assez d'énergie magique. Cela a suffi pour nous sauver la vie, mais pas pour nous envoyer à la maison.

— Oui... ça me paraît logique...

— Bon, on rentre. J'ai faim.

— Encore ?

— Cette balade en forêt m'a creusé l'appétit. Tu entends mon ventre gargouiller ? J'ai laissé un bol plein de croquettes devant la télé, il n'attend que moi.

— D'accord. Viens, on va se mettre à l'abri des regards.

Il la suivit derrière un buisson et sauta dans ses bras.

— Accroche-toi, c'est parti ! Aïe ! Pas si fort, tu vas abîmer la robe de tante Zelda.

Il rentra aussitôt ses griffes.

Gente damoiselle du temps passé,
de vos parents éloignée,
levez le doigt,
que chez vous on vous renvoie.

L'air crépita autour d'eux, ce qui était bon signe. Mais, quand elle rouvrit les yeux, Salem et elle se trouvaient toujours dans le village médiéval !

Sourcils froncés, Sabrina se gratta la tête.

— Je ne comprends pas. J'ai bien senti mon énergie magique, mais rien ne s'est passé.

— Ce doit être la formule qui cloche. Je te rappelle que je fais plus ou moins partie de ta famille, même si on n'a pas vraiment de lien de parenté. Et puis, tes rimes ne sont pas terribles, tu pourrais faire un effort.

— Cherche-les toi-même, monsieur le grand poète ! Si tu crois que c'est facile de se concentrer avec un chat affamé qui vous plante ses griffes dans l'épaule !

— Oh, pardon, je ne voulais pas te vexer... J'essayais juste d'analyser la situation ! Essaie encore une fois, ou je vais tomber d'inanition. Je ne sais pas ce que je donnerais pour avoir un bon plat cuisiné du XXIe siècle. Les colorants artificiels et les conservateurs chimiques me manquent !

— Alors tais-toi et laisse-moi réfléchir.

Sabrina se creusa la tête pour trouver de

jolies rimes, mais rien ne lui venait à l'esprit.

— Zut ! J'aurais dû emporter mon dictionnaire de rimes ... Tant pis, essayons ça :

De mon chat accompagnée,
à la maison j'aimerais rentrer.

— Bof... C'est un peu court, non ? critiqua Salem en enfouissant sa tête dans le cou de Sabrina.

Tous deux ressentirent une petite décharge magique, comme lors d'une téléportation. Cela dura quelques secondes, hélas, quand ils rouvrirent les yeux, ils étaient toujours au même endroit.

Avec mon chat je veux rentrer,
à la maison je veux aller,
autrement je me fâche...

— Euh... comme rime, je ne vois que *grosse vache*.

Ils ne bougèrent pas d'un pouce, mais là, ils s'y attendaient. Sabrina faillit cependant s'étrangler en voyant une grosse vache lai-

53

tière à deux pas de là. Elle les regardait d'un air impassible et ruminait tranquillement de l'herbe fraîche.

Sorti d'on ne sait où, un jeune homme vint à leur rencontre.

— Gente damoiselle, je vous échange des haricots magiques contre votre vache.

— Non, merci, je... elle n'est pas à vendre.

Il haussa les épaules et poursuivit son chemin.

— Jacques ! l'appela un vieux paysan. Dépêche-toi !

Sabrina le regarda s'éloigner, les yeux écarquillés.

— Cela devient de plus en plus bizarre...

Elle pointa et fit disparaître la vache.

— Ben, ça marche ! Et pourquoi pas avec nous ?

— Aucune idée. En tout cas, je compte sur toi pour trouver une solution. En attendant, je vais essayer de manger un morceau.

— Attends, Salem...

Ce satané chat avait déjà déguerpi.

Que faire ?

Elle le suivit de loin. Au détour d'une

chaumière, elle aperçut Arthur en train de brosser son cheval mais fit un détour pour ne pas s'en faire remarquer. Même s'il était craquant, elle n'avait qu'une envie : rentrer chez elle et finir ses révisions pour le lundi suivant.

Quelle ne fut pas sa surprise en voyant deux visages familiers parmi les habitants sur la place du marché ! Tante Hilda et tante Zelda avaient fini par venir la rejoindre. La réunion du Conseil n'avait pas duré très longtemps cette fois-ci.

« Tiens, elles se sont déguisées ! La nostalgie de leur jeunesse, je suppose. »

Elle partit les retrouver en courant et, dans sa hâte, faillit se prendre les pieds dans sa robe.

— Tante Hilda ! Tante Zelda !

Les deux jeunes femmes se tournèrent et la fixèrent sans la reconnaître.

Sabrina s'arrêta net.

C'était bien Hilda et Zelda, mais elles n'avaient certainement pas six cents ans ! Elles semblaient encore plus jeunes que leur nièce !

4

Un chevalier
pour vous servir...

— Tante Hilda, tante Zelda, c'est moi, Sabrina !

Une foule de gens s'était assemblée autour d'un ménestrel et bloquait le passage. La jeune fille dut jouer des coudes pour s'approcher de ses tantes. Ballottée de part et d'autre, elle avait perdu Salem et mit un temps fou pour traverser la toute petite place du marché. Une seconde d'inattention et elle perdit les sœurs Spellman des yeux. Où avaient-elles bien pu passer ? N'avaient-elles pas vu leur nièce ? Si c'était le cas, pourquoi ne l'avaient-elles pas attendue ?

Ce qui troublait le plus Sabrina, c'était de

les voir aussi jeunes. Se rajeunir n'était pas dans leurs habitudes... Et les règles étaient formelles sur ce point. À moins qu'il ne leur soit arrivé quelque chose au Conseil des sorciers ! Il fallait toujours craindre les punitions du Conseil, Salem en connaissait un rayon sur le sujet... Et si quelqu'un leur avait lancé un sort, ou fait une mauvaise farce ?

Trop de questions et trop de bruit autour d'elle ! La jeune sorcière avait besoin de réfléchir au calme. Elle quitta le marché et s'engagea dans une ruelle moins encombrée. Le village n'était pas bien grand et elle se retrouva de nouveau bientôt dans la forêt. Elle s'y enfonça jusqu'à ce que les rumeurs du marché s'estompent.

Adossée à un arbre, elle récapitula tout ce qui lui était arrivé depuis son entrée dans la fête médiévale. Soudain, elle sentit des mains lui empoigner le cou...

Elle voulut crier, mais une main s'abattit sur sa bouche et la fit taire. Elle se débattit avec fougue tandis qu'on la traînait au fond du bois. Un groupe d'hommes à la mine patibulaire formèrent un cercle autour d'elle et la dévisagèrent avec satisfaction. Ils étaient habillés comme les gens du village sauf que leurs vêtements étaient sales et déchirés. Leurs manières laissaient deviner qu'ils n'étaient pas de simples acteurs. L'un d'eux s'avança vers Sabrina et esquissa un sourire effrayant. Il devait lui manquer la moitié des dents !

Il aboya quelque chose à ses compagnons, mais elle ne comprit pas tout ce qu'il leur disait. Il parlait avec un drôle d'accent et des mots bizarres...

« Il faut que j'arrive à libérer mes mains, songea-t-elle, et que je trouve des rimes qui fonctionnent ! »

L'homme s'approcha et tendit la main vers son collier en émeraude.

C'était donc cela qu'ils voulaient ! Ces comédiens ne devaient pas être très bien payés pour s'en prendre aux spectateurs ! Comment leur faire comprendre que la pierre n'avait aucune valeur ?

Un bruit de sabots se fit entendre. Les hommes se figèrent, la main posée sur leurs gourdins de bois.

Surgit alors Arthur, le chevalier servant de Sabrina !

Quel soulagement ! Tout cela n'était donc bien qu'une mise en scène... À moins que... Elle se raidit, soudain prise de panique.

Arthur tira son épée et l'abattit sur celui qui maintenait la jeune fille prisonnière. L'homme poussa un cri de douleur et tomba à terre. Ses compagnons s'enfuirent aussitôt.

Sabrina se retourna et vit avec effroi une longue traînée de sang sur le visage du brigand.

« Si ça, c'est du ketchup... »

Elle en était sûre, maintenant, ce n'était pas du cinéma. Cet homme était en train de mourir sous ses yeux... elle n'était pas dans la forêt de Westbrigde, Massachusetts, et certainement pas au XXIe siècle !

D'une façon ou d'une autre, le sort qu'elle avait lancé avait bien fait son effet. Restait à savoir pourquoi il les avait envoyés plusieurs centaines d'années dans le passé...

5

« Il faut que je me réveille ! »

— Sabrina ! Sabrina ! Réveillez-vous !

La jeune sorcière s'étira longuement et garda les yeux fermés encore un peu. Elle venait de rêver qu'un chevalier en armure la sauvait des griffes d'une bande de brigands. Qu'il était mignon... Et quelle galanterie !

Dommage qu'il soit l'heure de se réveiller...

Elle finit par ouvrir les yeux.

Arthur, le chevalier de ses rêves, la fixait avec inquiétude.

— Belle Sabrina, comment vous sentez-vous ? Parlez-moi.

Elle referma les yeux.

« On recommence. Allez, debout ! Cette fois, il faut se réveiller. »

Elle s'étira de nouveau, prit une profonde inspiration et rouvrit les yeux.

Le visage d'Arthur était toujours penché au-dessus du sien.

— Comment vous sentez-vous ?

— Pourquoi êtes-vous encore là, vous ? s'exclama-t-elle, excédée.

Le beau jeune homme se rembrunit.

— Désirez-vous que je m'en aille ?

— Je suis en train de rêver et il faut absolument que je me réveille, alors, oui, allez-vous-en !

Au lieu d'être vexé, il sembla soudain ravi :

— Que le ciel soit loué ! Vous rêvez de moi...

Zut ! Ce n'était pas du tout ce qu'elle avait voulu dire.

Elle dut se rendre à l'évidence : tout cela n'était pas un rêve. Arthur venait bel et bien de lui sauver la vie.

— En quelle année sommes-nous ? lui demanda-t-elle.

Il éclata de rire.

— Comment ça ? Mais en l'an de grâce 1057, voyons !

— Oh... je crois que j'ai la tête qui tourne...

C'était comme si elle se tenait au bord d'un précipice. Elle s'évanouit à nouveau.

Arthur lui tapota les joues jusqu'à ce qu'elle reprenne conscience.

— Les hommes... ils... réussit-elle à bredouiller.

— N'ayez aucune crainte, gente damoiselle. Ils sont loin, maintenant. J'aurais aimé en embrocher quelques-uns en votre honneur.

— Hum... Ce n'est pas grave. L'important est que vous les ayez fait fuir. Sans vous, j'aurais perdu...

Elle porta la main à son cou et découvrit avec horreur que son collier avait disparu.

— Oh non ! Où est...

— Est-ce cela que vous cherchez ?

Il brandit fièrement le collier de tante Zelda. L'émeraude scintillait de mille feux dans la lumière de cette belle fin d'après-midi.

— Oui, merci beaucoup, Arthur !

Et si la pierre était une vraie pierre précieuse ? Par précaution, elle décida de la remettre dans la poche secrète de sa manche.

— Sage décision, acquiesça Arthur en l'aidant à se relever.

— Je vous remercie aussi d'être venu à mon secours. Je ne sais pas ce que j'aurais fait sans vous.

Il la fixa alors avec sévérité.

— Vous promener seule est la chose la plus stupide et la plus irresponsable que vous puissiez faire. Je vous avais pourtant prévenue, petite tête de linotte ! Voyez où votre folie vous a conduite : droit dans les filets des brigands.

— Pardon ?

— Attendez que votre père l'apprenne !

— Il est en voyage d'affaires, déclarat-elle, sans toutefois lui préciser qu'il était en mission diplomatique dans l'Autre Royaume.

— Votre époux, alors.

— Je ne suis pas mariée !

Un sourire vint illuminer le visage d'Arthur.

— Avec le caractère que vous avez, nul besoin de se demander pourquoi vous êtes encore célibataire à votre âge.

Sabrina faillit lui tordre le cou pour ce qu'il venait de dire, mais se rappela qu'elle était au XIᵉ siècle et qu'il était un chevalier. Pour lui, les femmes n'étaient que de faibles créatures incapables de se défendre seules dans un monde gouverné par les hommes.

« Bon, il ne doit absolument se douter de rien. »

— En l'absence de votre père, qui est votre tuteur ? lui demanda-t-il.

— Hum... je suppose que vous parlez de mes tantes. J'habite chez elles. D'ailleurs, je les ai aperçues sur la place du marché. C'est pour cela que je me suis aventurée dans la forêt... Enfin, j'étais à leur recherche... (Voyant qu'elle s'embrouillait dans ses explications, elle changea de tactique :) Auriez-vous l'amabilité de m'aider à les retrouver ?

Dans un cliquetis métallique, il s'inclina.

— Je n'aurai de repos tant que je ne vous aurai pas confiée aux soins de vos tantes, gente damoiselle.

— Super ! (Elle lui adressa son plus beau sourire.) Je suppose que je remonte sur votre cheval.

— Permettez-moi de vous aider.

De retour au village, Sabrina vit Salem près d'un étal de poissons. Il se prélassait au soleil.

— Mon chat ! s'exclama-t-elle. Là-bas ! C'est Salem ! Salem !

À l'appel de son nom, ce dernier ouvrit un œil. Il sauta sur ses pattes, s'élança vers Sabrina et lui sauta dans les bras avant même qu'elle ne soit descendue à terre.

— Salem ! Où étais-tu passé ? Je me suis inquiétée ! (Puis, tout bas, à son oreille :) Tu ne devineras jamais en quelle année nous sommes : 1057 !

— Je sais.

— Ah bon ? Et cela ne t'affole pas plus que ça ?

— 1057 a été une grande année pour moi.

— Vous parlez de nouveau à votre chat... intervint Arthur. Peut-être un jour aurai-je moi aussi la chance d'être votre confident.

Oh-oh, il ne fallait pas qu'Arthur tombe amoureux d'elle maintenant. Il aurait bien-

65

tôt le cœur brisé car elle ne pouvait rester avec lui au Moyen Âge et elle ne voulait surtout pas faire de mal à un garçon si charmant.

Sabrina se demandait où il la conduisait. Cela faisait bien dix minutes qu'ils chevauchaient à travers champs et Salem ne tenait pas en place. Il n'arrêtait pas de se tortiller et d'enfoncer ses griffes dans sa robe.

Ils atteignirent bientôt une enceinte en pierre derrière laquelle s'élevait un magnifique château. Arthur descendit de sa monture et attendit que le pont-levis s'abaisse.

— Où sommes-nous ? lui demanda la jeune fille. Qui habite ici ?

— Le seigneur de ces lieux et des terres environnantes est le comte de Kensington. Je suis à son service et... c'est tout nouveau pour moi. J'espère que vous ne lui rapporterez pas comment je vous ai perdue sur la place du marché. On se moquerait de moi...

— Mais ce n'était pas votre faute ! C'est moi qui ai la mauvaise habitude de disparaître sans crier gare.

Elle dut étouffer les gloussements de Salem, hilare.

— Vous êtes trop indulgente, je ne le mérite pas. À cause de ma négligence, vous êtes tombée aux mains de fieffés bandits.

Il prit le menton de la jeune fille et tourna son visage vers lui.

— Je jure sur ce que j'ai de plus sacré que je ne manquerai plus jamais à mon devoir envers vous, gente damoiselle.

« Ne pas le regarder dans les yeux... ne pas craquer... », se répétait-elle en retenant son souffle.

« Trop tard... »

Quel plaisir de se laisser guider dans un château au bras d'un chevalier aussi beau ! Cela n'arrivait pas tous les jours... Autant en profiter !

Un palefrenier vint à leur rencontre et s'occupa du cheval tandis qu'Arthur proposait à Sabrina de se reposer un peu avant d'aller saluer le seigneur des lieux.

C'est à ce moment qu'elle sentit à quel point elle était en effet fatiguée.

Il la mena dans une petite chambre où elle put se rafraîchir et reprendre ses esprits.

Peut-être devrait-elle réessayer d'utiliser ses pouvoirs pendant qu'elle était seule ? Si cela ne marchait pas, elle irait à la recherche de ses tantes pour leur demander de l'aide.

On frappa doucement à la porte. Arthur revenait, accompagné d'une jeune fille de leur âge.

— Je vous présente Gwendolyn, votre dame de compagnie. Voyez avec elle si vous avez besoin de quoi que ce soit.

— Merci, je n'ai besoin de rien, objecta Sabrina, et je peux me débrouiller toute seule.

— Chut... ne discutez pas, fit-il en posant un doigt sur sa bouche. Vous avez eu une journée très éprouvante, bien trop pour une jeune fille de votre rang. Laissez Gwendolyn s'occuper de tout à présent.

Sabrina haussa les épaules. Cela ne servait à rien de discuter, il ne céderait pas. Arthur était certes galant, mais têtu comme une mule !

— Super !

Elle se promit dorénavant de faire attention à son vocabulaire.

Gwendolyn lui sourit chaleureusement et lui tendit un superbe châle en brocart.

L'air était frais, car les murs de pierre gardaient l'humidité. De la paille recouvrait le sol, ce qui n'était pas très pratique pour marcher.

La dame de compagnie alluma un feu dans la cheminée et invita Sabrina à venir s'y réchauffer. Puis deux petits garçons apportèrent une bassine d'eau chaude. Dès qu'ils furent partis, la jeune sorcière releva ses manches et se lava les mains et le visage.

« Hum... cela fait du bien. On savait traiter les invités, au Moyen Âge ! »

Elle s'étira et s'assit sur le lit à baldaquin près de la fenêtre.

— Vous devriez vous reposer, ma damoiselle. Désirez-vous que je vous aide à retirer votre robe ?

— Non, merci, ça ira.

Elle ne voulait pas lui montrer ses sous-vêtements modernes ! Et puis, ce n'était pas le moment de dormir, elle avait encore beaucoup à faire.

— Je vais juste m'allonger un instant, je

n'ai pas du tout... (elle bâilla à s'en décrocher la mâchoire) ... sommeil.

— Comme vous le souhaitez, ma damoiselle.

Gwendolyn exécuta une révérence et se retira.

Sabrina commençait à prendre goût aux manières du Moyen Âge. Qui n'aurait pas aimé se faire traiter avec autant de délicatesse ? Tout le monde s'empressait de prendre soin d'elle, ce qui n'arrivait jamais en temps normal, et surtout pas ces deux derniers jours...

Elle s'étendit sur les coussins moelleux et ressentit une pointe de culpabilité à l'idée de se faire traiter comme une princesse par Gwendolyn, une fille qui aurait pu aller à la fac avec elle !

Salem bondit sur le lit et se roula en boule à ses pieds.

Elle se dit alors que...

Elle ne se dit rien du tout puisqu'elle s'endormit aussitôt.

Quand elle se réveilla, elle ne savait plus où elle était, mais cela lui revint très vite.

1) Elle se trouvait dans un château, en plein Moyen Âge. 2) Un chevalier et une dame de compagnie attendaient son réveil pour la présenter au seigneur des lieux, le comte de Kensington. 3) Pour une raison qu'elle ignorait encore, elle n'arrivait pas à rentrer chez elle, ses pouvoirs n'ayant aucun effet.

La nuit était tombée et elle distingua la silhouette de Gwendolyn, endormie sur une paillasse, près de la cheminée. Tout était calme et silencieux. La pleine lune brillait dans un ciel dégagé.

Un léger bruit attira son attention. Quelqu'un lançait des cailloux contre le rebord de la fenêtre de sa chambre !

Elle se pencha et vit un jeune homme en armure lui faire des signes de la main du jardin. Arthur.

— Comment allez-vous, gente damoiselle ?

— Je vais bien, merci. Je suis en pleine forme, maintenant.

Que c'était romantique ! Un chevalier au pied de sa fenêtre en train de lui faire la cour... Elle, avec la robe en soie pourpre de sa tante, lui, avec son armure scintillante et sa mèche rebelle... Un vrai conte de fées ! Bien sûr, cela ne pouvait durer, mais elle en savourait chaque instant.

— Il doit être très tard, lança-t-elle. Que faites-vous ici ?

— Je me languissais de vous, belle Sabrina, et je désirais revoir votre visage une dernière fois avant de m'en aller. Au revoir, gente damoiselle.

— Au revoir ? s'exclama-t-elle.

Elle jeta un coup d'œil à Gwendolyn, espérant ne pas l'avoir réveillée, puis se pencha de nouveau à la fenêtre.

— Où allez-vous, Arthur ?

— Je reviens de la chapelle où je me suis engagé à accomplir une quête en votre honneur.

— Une quête ?

— Oui, pour gagner votre faveur, déclara-t-il avec solennité.

Sabrina ne put s'empêcher de rougir.

— En quoi consiste votre quête ?

— Je vais défier le dragon qui sévit au nord de notre pays. Un troubadour nous a rapporté ce soir qu'il terrifie les habitants des alentours et met à feu la forêt du seigneur de Kensington. Mon vœu le plus cher serait de le vaincre en votre nom et... de recevoir votre amour en retour.

— Arthur, je...

— Ne dites rien. Je sais que je ne mérite pas encore votre attention. Peut-être qu'à mon retour ma victoire sur le dragon me prêtera de nouveaux charmes.

— Ce n'est pas ce que je voulais dire, Arthur, c'est juste que...

Comment lui dire la vérité sans le blesser ?

— ... les dragons n'existent pas.

Le jeune homme se gonfla de fierté.

— Que vous êtes délicate. Vous craignez pour ma vie et essayez de me dissuader d'affronter le danger. N'est-ce pas là un signe d'affection pour moi ? Je vais garder dans mon cœur ce gage d'amour. Il m'inspirera courage et force contre le souffle brûlant de l'ennemi.

— Non, Arthur, attendez, ne partez pas. J'ai besoin de vous ici !

— La damoiselle a besoin de moi, murmura-t-il en levant les yeux vers le ciel étoilé.

Il se mit en selle, rêveur, et se tourna une dernière fois vers Sabrina.

— N'ayez crainte, belle damoiselle, je serai de retour avant la prochaine lune et déposerai à vos pieds la tête du dragon.

— Arthur, attendez ! Non !

Il était déjà loin.

Flattée et gênée à la fois, elle regarda son champion galoper dans la nuit pour ses beaux yeux. Elle devrait à présent se passer de son aide pour rentrer chez elle.

Salem bondit sur le rebord de la fenêtre et se frotta contre le bras de sa maîtresse.

— Je crois qu'il n'a rien entendu, avec son armure et son casque... T'as pas un ouvre-boîte ?

— Très drôle... Si tu te moques encore de lui, je te laisse moisir ici.

— Cela ne me dérange pas. Le Moyen Âge est une période que j'ai bien aimée et cette fois-ci, en tant que chat de la cour, je serai traité comme un roi, à manger et à dormir toute la journée.

Sabrina croisa les bras sur sa poitrine et sourit.

— Comme ça, tu es prêt à renoncer au chauffage central, à la télévision câblée, aux sardines en boîte et à tes placements en Bourse ?

Les poils de Salem se hérissèrent.

— Sabrina, ne me laisse pas ici. Je t'en supplie.

— Ne t'affole pas, Salem. Je ne t'oublierai pas. Mais encore faut-il que je trouve une solution pour nous tirer d'affaire ! On risque bien de rester coincés ici... pour toujours !

Salem se tourna vers Gwendolyn qui ronflait doucement au coin du feu et demanda tout bas :

— As-tu de nouveau essayé tes pouvoirs ?

— Non, pas encore. Il faudrait que je le fasse le plus vite possible.

Elle s'éloigna de la fenêtre et se concentra.

Dans ma robe de princesse,
avec mon chat noir d'ébène,

je veux quitter cette forteresse
et revenir à mon existence quotidienne.

— Pas mal, tu fais des progrès en matière de rimes !

Tous deux fermèrent les yeux et attendirent que la magie opère. Ils ressentirent un léger frémissement, comme les fois précédentes, mais rien de plus.

— Je ne comprends pas, souffla Sabrina.

Elle fit les cent pas dans la chambre, donnant des coups de pied rageurs dans la paille.

— On dirait que quelque chose empêche le sort de se réaliser normalement.

— Essaie encore une fois.

Elle fronça le nez et poussa un gros soupir, puis elle se mit à trépigner :

Je veux rentrer chez moi,
je veux rentrer chez moi,
que mes pouvoirs s'y emploient,
JE VEUX RENTRER CHEZ MOI !

Sabrina sentit enfin une secousse d'énergie la soulever du sol... Vite, elle s'empressa de prendre Salem dans ses bras, hélas une seconde plus tard, ses pieds touchaient de nouveau les dalles de pierre du château.

— On n'y arrivera jamais ! se lamenta Salem en se couvrant la tête de ses pattes.

Sabrina, quant à elle, avait envie de pleurer, mais se ressaisit. Ce n'était pas le moment de craquer.

« Il faut que je garde mon calme. Il doit bien y avoir une solution ! Je ne suis pas plus bête qu'une autre... C'est peut-être comme l'informatique, quand le système ne répond plus, il suffit parfois de redémarrer l'ordinateur. »

Elle prit une profonde inspiration et fit le vide dans son esprit. Puis elle commença par essayer des sorts très simples. Elle pointa son index vers un gobelet de cidre que Gwendolyn avait laissé sur la table à son intention et tenta de le faire léviter.

— Ça marche ! s'exclama-t-elle.

Elle vérifia ses pouvoirs avec un « objet » plus lourd : Salem.

— Ce n'est pas drôle, Sabrina ! Fais-moi redescendre tout de suite !

Il se débattit en l'air, puis se figea.

— Tes pouvoirs fonctionnent ! C'est génial ! Fais-moi descendre et renvoie-nous à la maison.

Elle le fit atterrir délicatement sur le lit et se concentra sur la formulation d'un nouveau sortilège.

Que mes pouvoirs retrouvés,
par la magie je puisse rentrer,
de mon chat noir accompagnée,
à la maison sans plus tarder.

De nouveau, un moment de flottement... et puis plus rien.

— Je vais devenir folle. Il faut qu'on trouve tante Hilda et tante Zelda, sinon on n'arrivera jamais à repartir d'ici.

— Sabrina !

— Quoi ?

— Où est passée Gwendolyn ?

— Elle est juste...

Elle montra la paillasse près de la cheminée, mais il n'y avait plus personne.

— Elle était là... Quand s'est-elle éclipsée ?

— Je ne sais pas. Tu crois qu'elle nous a entendus ou qu'elle t'a vue lancer un sort ?

La porte de la chambre s'ouvrit brutalement et deux gardes armés firent leur entrée. Ils empoignèrent Sabrina sans ménagement et l'emmenèrent avec eux.

6

Dans les cachots du château de Kensington

— Tu n'as même pas eu un procès digne de ce nom ! s'indigna Salem.

Les gardes avaient jeté la jeune fille dans un cachot sombre et humide, quelque part au fond des oubliettes.

— Je n'ai pas eu de procès du tout ! Je me demande même s'ils savent ce que c'est.

Elle s'accrocha aux barreaux de sa cellule et les secoua de toutes ses forces. Bien entendu, ils l'avaient enfermée à clé et cela ne servait à rien, mais elle avait besoin de se défouler.

— Si seulement j'avais un téléphone portable ! maugréa Salem. J'aurais appelé un avocat pour te tirer de là.

— Je ne vois pas comment il pourrait négocier avec ce genre de brutes ! Ils ne doivent même pas savoir ce qu'est un avocat. Essayons plutôt de nous adapter aux mœurs de cette époque.

Salem se figea et la regarda comme si elle était devenue folle.

— Sabrina, ma pauvre chérie, je ne crois pas que tu mesures la gravité de la situation. On est au Moyen Âge et les gens n'aiment pas les sorcières. La magie leur fait peur et je ne te raconte même pas comment ils se débarrassent des sorcières.

— Je ne suis pas tout à fait inculte, Salem ! Ce que je veux dire, c'est qu'il faut trouver un moyen de nous échapper d'ici.

— Vous n'en trouverez pas, intervint une voix caverneuse derrière eux.

Sabrina se plaqua contre les barreaux de sa cellule, morte de peur.

Une silhouette émergea de l'obscurité et se découpa dans la lueur vacillante d'une bougie enfoncée dans le mur.

À sa grande surprise, un grand et bel homme apparut devant elle. Malgré sa longue barbe blanche, il était difficile de lui donner un âge. Ses yeux pétillants et profonds reflétaient une sagesse et une puissance peu communes. Il semblait à la fois très vieux et très jeune.

— Permettez-moi de me présenter : mon nom est Marlin. Je suis un sorcier et j'étais sous la protection du seigneur de Kensington. Le grand Merlin fut mon maître.

— Merlin ! Wouah, j'ai lu des tas de livres sur lui ! Mais je n'ai jamais réussi à savoir s'il avait vraiment existé ou si ce n'était qu'une légende.

— Je peux témoigner de son existence. Merlin était le plus grand d'entre tous, bien trop en avance sur son temps.

— Je m'appelle Sabrina et voici mon chat Salem.

— Ah oui, le chat qui parle. En voilà, un prodige !

« Oh zut, il a entendu notre conversation... Comment vais-je bien pouvoir expliquer ça ? »

Marlin n'avait cependant pas l'air effrayé ni plus impressionné que ça.

— Un chat qui sait parler, cela ne vous fait pas peur ? lui demanda-t-elle.

Il lui répondit par un sourire attendri.

— Je suis un homme qui accepte le monde tel qu'il s'offre à lui. Je regarde, j'étudie et je consigne les faits tout en essayant de comprendre les mystères de la nature. La raison vient à bout de nombreux phénomènes réputés surnaturels à condition de s'en donner les moyens. Si je rencontre un chat qui sait parler, je ne commence pas par me dire que les chats ne parlent pas. Je me demande plutôt pourquoi ce chat en particulier parle et comment il y parvient. D'ailleurs, j'ai longtemps eu un chat qui, j'en suis certain, savait parler, mais se refusait à le faire en ma présence.

Sabrina gloussa.

— Ma tante Zelda est aussi une scientifique, elle enseigne à l'université où je suis inscrite.

— Vraiment ? Une femme dévouée à la science ! C'est incroyable ! Comme j'aimerais la rencontrer !

— J'espère avoir l'occasion de vous présenter tous les deux. Mais, dites-moi, que faites vous enfermé ici ?

— Ils appréciaient mes tours de passe-passe et mes travaux sur la transformation de métaux sans valeur en or pur, hélas dès qu'il fut question d'expérimentations scientifiques basées sur des phénomènes réels, ils ont eu peur et m'ont traité de sorcier.

La jeune fille approuva d'un hochement de tête.

— C'est pour la même raison qu'on m'a jetée ici, parce que je suis une sorcière.

— Vraiment ? Intéressant. Ainsi désirez-vous devenir une scientifique, comme votre tante, n'est-ce pas ? Quel genre de recherches menez-vous ?

Sabrina ne savait quoi répondre à cela et dut improviser :

— J'étudie les voyages dans le temps...

— Quelle coïncidence ! J'ai moi-même envisagé la possibilité de défier l'ordre temporel. Dommage qu'on ne puisse percer les secrets du temps ensemble. J'aurais été d'une aide précieuse, vous savez.

— Je n'en doute pas.

Sabrina se colla contre les barreaux de la cellule pour voir ce qui se passait dans le long et lugubre couloir. Des gouttes d'eau coulaient du plafond et les bruits d'éclaboussures résonnaient dans le noir. On entendait les rats courir sur le sol rocheux... La jeune fille frissonna rien que d'y penser.

— Combien de temps vont-ils nous garder prisonniers ici ? demanda-t-elle à Marlin.

— Pas longtemps. Pas longtemps du tout. À vrai dire... (Il jeta un coup d'œil vers le couloir, comme s'il attendait l'arrivée de quelqu'un.) Ils devraient venir nous chercher d'ici peu.

— Génial ! On sera bientôt libérés !

— Ne vous réjouissez pas trop, jeune fille. Le temps passe bien assez vite. Et je puis vous assurer que notre départ de cette geôle n'est pas synonyme de plaisir.

— Ah bon ? Pourquoi ?

— Parce que, chère innocente, quand ils viendront nous quérir, j'ai bien peur que ce ne soit pas pour nous libérer.

Sabrina déglutit avec peine.

— Ah...

Marlin hocha la tête d'un air triste.

— Ils nous mèneront au bûcher parce que nous sommes des sorciers.

7

Tante Hilda et tante Zelda à la rescousse

— Vous pouvez répéter ? s'exclama Sabrina.

Puis elle se ravisa :

— En fait, ce n'est pas la peine, c'est trop horrible. Je préfère ne même pas y penser.

Marlin lui prit la main pour la réconforter, puis il haussa les épaules d'un air résigné.

— Je suis désolé, mon enfant. C'est le sort qu'ils réservent aux sorciers dans cette contrée. L'ignorance et la superstition sont de bien mauvais conseil, je le reconnais, mais les gens ont peur de ce qui est différent et nouveau pour eux. N'ayez crainte cependant, je possède une potion qui soulagera nos souffrances en temps voulu. En quelques minutes, nous serons inconscients et ne ressentirons plus aucune douleur.

— Oh, merci... C'est très gentil de votre part, vraiment, mais j'aimerais autant ne pas mourir aujourd'hui. Je suis trop jeune pour finir sur un bûcher. En plus, j'ai promis à tante Zelda de ne pas abîmer sa robe.

Le magicien partit d'un fou rire qui se répercuta sur les parois humides des cachots.

— Vous avez un sacré caractère et j'aime ça, jeune fille. Vous auriez fait une parfaite apprentie sorcière.

— Avec un peu de chance, je vivrai assez longtemps pour le devenir. (Puis elle s'accrocha aux barreaux et les secoua violemment.) Salem ! Trouve une sortie ! Dépêche-toi ! Va fouiner près des gardes.

— Pff... Je suis vraiment obligé d'y aller ? ronchonna ce dernier. On ne voit même pas où on met les pieds !

— Si tu ne fais rien, on finira en brochettes sur un barbecue géant !

La queue de Salem se hérissa.

— Je ne suis pas un sorcier, moi ! Je n'ai plus aucun pouvoir. Ils ne vont quand même pas pourchasser un pauvre chat sans défense !

Sabrina le foudroya du regard.

— D'accord, d'accord, je vais voir ce que je peux faire.

Elle le suivit des yeux jusqu'à ce qu'il disparaisse dans la pénombre et ne put s'empêcher de se demander si elle le reverrait...

— Racontez-moi, jeune fille, quelles sciences étudiez-vous ? intervint Marlin pour lui changer les idées.

— Eh bien, je me suis inscrite en chimie, en biologie et en sciences de la terre, cette année. J'ai aussi suivi un cours d'été sur l'astronomie et... (Elle attendit de voir comment il allait réagir à cette annonce :) je pratique également un peu de magie.

— Parfait ! lança-t-il en hochant la tête. La magie a quelque chose de scientifique et la science quelque chose de magique, c'est ce que j'ai toujours pensé.

« Tante Zelda s'entendrait à merveille avec lui ! »

Quelques instants plus tard, des bruits de pas se firent entendre.

— On vient nous chercher ! murmura Sabrina en s'agrippant à la main du vieil homme.

Malgré son calme apparent, sa paume était moite et il tremblait un peu.

— Il y a deux personnes, devina-t-il en tendant l'oreille.

« Peut-être que je pourrais les retarder en utilisant mes pouvoirs... Voyons voir... »

Elle pointa son index en direction du couloir et se prépara à lancer un sort quand elle eut un hoquet de surprise.

Tante Hilda et tante Zelda !

Enfin, tante Hilda et tante Zelda quand elles étaient jeunes...

— Hé, par ici ! appela-t-elle. (Puis, se tournant vers Marlin :) Ne vous inquiétez pas, nous serons bientôt tirés d'affaire.

— Sabrina ! retentit la voix de Salem. Il vaudrait mieux que tu saches que...

Mais la jeune fille était trop excitée pour attendre la fin de sa phrase.

— Tante Hilda ! Tante Zelda ! Je suis si contente de vous voir. Je vous présente Marlin, c'est un sorcier lui aussi. Quittons cet endroit sinistre. Vite !

Les deux sœurs Spellman la dévisagèrent sans comprendre.

— Comment connaissez-vous nos prénoms ? demanda Zelda.

Sabrina resta interdite entre les deux jeunes femmes. Son regard passait de l'une à l'autre.

— Mais parce que je suis Sabrina, et que vous êtes mes...

Elle comprit alors pourquoi ses tantes ne la reconnaissaient pas.

— Salem ! appela-t-elle.

— J'ai essayé de te prévenir !

Il sauta dans ses bras et lui murmura à l'oreille :

— Elles ne savent pas qui nous sommes. Pour elles, tu n'es même pas née et moi, je n'ai pas encore été transformé en chat, c'est pour cela qu'elles ne me reconnaissent pas non plus.

Tout s'expliquait enfin ! Pas étonnant que ses tantes n'aient pas fait attention à elle sur la place du marché. Elle qui croyait que les deux sœurs étaient retournées dans le passé pour venir la chercher... Elles habitaient tout simplement là !

— Wouah... fut la seule chose qu'elle réussit à dire.

— Votre chat nous a confié que vous étiez l'une des nôtres, reprit Zelda pour justifier sa présence.

— Oui... C'est vrai.

— Je te l'avais bien dit ! triompha Hilda. Je l'ai su dès que je l'ai vue sur la place du marché. Comme d'habitude, tu n'as pas daigné m'écouter.

— Tu ne vas pas remettre ça... On a mieux à faire que supporter tes enfantillages.

— Je fais ce que je veux ! Ce n'est pas parce que tu es l'aînée que tu dois toujours me commander.

— Hilda ! Zelda !

Les deux sœurs se turent aussitôt et se tournèrent, interloquées, vers Sabrina.

— Excusez-moi de vous interrompre, mais on n'a pas de temps à perdre. Marlin pense que les gardes ne vont pas tarder à venir nous chercher.

Hilda ne se laissa pas démonter. Les bras

croisés sur la poitrine, elle toisa Sabrina d'un air sceptique.

— Un instant, petite, si tu es vraiment l'une des nôtres, il te suffit de faire appel à tes pouvoirs pour t'échapper d'ici.

— Hilda, sois plus polie, s'il te plaît. On ne parle pas comme ça aux gens.

— N'empêche que j'ai raison, non ?

Zelda questionna Sabrina du regard.

— Je dois avouer qu'elle n'a pas tort : si tu es l'une des nôtres, que fais-tu de tes pouvoirs ?

— J'ai essayé une bonne dizaine de sorts différents pour me renvoyer chez moi, mais aucun ne fonctionne. On dirait que la magie rencontre une résistance, ça commence à faire effet, et puis plus rien.

Zelda se tapota la joue avec son index, un geste que Sabrina l'avait vue faire des centaines de fois quand elle réfléchissait.

— Bizarre...

— Je veux une preuve, exigea Hilda.

— Quoi ?

— Prouve-nous que tu es bien une sorcière. Lance un sort, même un tout petit.

— Hilda, voyons ! Ce ne sont pas des manières !

— Je te rappelle que nous ne connaissons cette jeune fille que depuis cinq minutes. Qui nous dit qu'elle ne nous ment pas ? qu'elle n'est pas là pour prouver que *nous* sommes des sorcières ? Ce ne serait pas la première fois qu'on nous tend un piège.

Zelda se tourna de nouveau vers Sabrina, l'air indécis.

— C'est inhabituel, mais il faut reconnaître que ma sœur soulève un point délicat.

— Je peux vous faire une petite démonstration, si vous y tenez.

Sabrina se passa la main dans les cheveux et réfléchit à la formulation d'un sort.

— Bon, j'espère que celui-là marchera :

Maître Marlin dans ce cachot rencontré,
que notre amitié n'en soit pas contrariée,
en chat j'aimerais vous voir transformé,
pour montrer mes pouvoirs retrouvés.

Zelda fit la moue.

— Il faudrait varier les rimes...

— Et après on dit que *je* suis malpolie ! ironisa Hilda.

Un sourire radieux illumina leur visage quand Marlin se transforma sous leurs yeux en magnifique chat persan d'un blanc immaculé.

Salem lui fit les yeux doux.

— Salut, beauté !

— Pas mal ! observa Zelda.

Hilda le prit dans ses bras.

— Qu'il est joli... Est-ce que je peux le garder ?

— Euh... je ne crois pas que ce soit possible.

— Hors de question ! trancha Zelda. Tu sais bien que père est allergique aux poils de chat.

Sabrina préféra ne pas courir le risque de perdre ses pouvoirs avant d'avoir redonné sa forme humaine à Marlin.

Maître Marlin en chat transformé,
n'en soyez pas chagriné,
il est temps maintenant,
de retrouver votre corps d'antan.

Des étincelles jaillirent de son index et Marlin apparut dans les bras de Hilda à la place du chat persan.

— Ouf ! souffla Hilda, qui manqua de s'écrouler sous le poids du magicien.

— Oh, pardon, fit Sabrina en gloussant.

— C'est incroyable ! s'exclama le vieil homme.

Il examina ses mains qui, l'instant d'avant, étaient encore recouvertes de longs poils blancs.

— Bravo, acquiesça Zelda. Tu m'impressionnes, Sabrina. Mais comment se fait-il que tes pouvoirs n'arrivent pas à te renvoyer chez toi ?

La jeune fille haussa les épaules.

— Je ne sais pas. Mais j'aimerais sortir d'ici avant que les gardes ne reviennent. Acceptez-vous de m'aider à m'échapper ?

— Bien sûr, entre sorcières, il faut savoir se serrer les coudes, la rassura l'aînée des Spellman. Allons-y.

— Et Marlin ? Peut-il venir avec nous ? demanda Sabrina. On ne va quand même pas le laisser là...

Hilda fronça les sourcils.

— Vous allez nous dénoncer dès que nous serons sortis d'ici, n'est-ce pas ?

— Jamais de la vie ! Vous dénoncer à ces incultes qui ont peur de leur propre ombre ? Plutôt mourir ! J'aimerais tant travailler avec vous, je suis sûr que vous avez des tas de choses à m'apprendre. Quant à moi, je partagerais volontiers la science que mon maître m'a transmise.

— D'accord, dit Zelda. (Elle fit un pas en arrière et leva ses mains en l'air.) Restez où vous êtes, je vous convie chez moi.

— Salem, vite ! appela Sabrina.

Le chat bondit aussitôt dans les bras de sa maîtresse.

Au même moment, des bruits de pas retentirent dans le couloir.

Les gardes !

Sabrina eut à peine le temps d'apercevoir le bout de leur lance qu'elle sentit son corps devenir tout léger et les murs de la prison s'estomper...

8

D'où viens-tu, Sabrina ?

— Mais je connais cet endroit ! s'écria Salem en se matérialisant dans la maison des sœurs Spellman.

Ils étaient dans la pièce qui servait de bureau à Hilda et Zelda.

— Ah bon ? Depuis quand ? s'étonna Hilda.

Sabrina foudroya son chat du regard.

— Nous sommes passés par là tout à l'heure en faisant le tour du marché, expliqua ce dernier. (Puis, tout bas à Sabrina :) Cela veut dire que je connaissais déjà tes tantes à ce moment-là ! *et* que j'existe sous ma forme humaine. Qu'est-ce qui arriverait si je me rencontrais moi-même ?

— Chut ! On en reparlera plus tard, c'est trop compliqué. Ce qui compte pour le moment, c'est de trouver un moyen de rentrer chez nous. Si on le fait vite, on n'aura pas l'occasion de te croiser.

Marlin visitait les lieux, examinait chacun des pots, bouteilles, plantes séchées et manuscrits.

— Quel laboratoire extraordinaire !

Hilda qui ne le quittait pas d'une semelle le mit en garde :

— Ne touchez à rien.

— Hilda ! la sermonna sa sœur. Ce n'est pas une façon de recevoir des invités.

— Mais c'est fragile ! Et s'il cassait quelque chose ? S'il renversait du sublimé de lézard dans une de tes expériences en cours ? Je n'ai pas envie d'être transformée en ogre ou en crapaud baveux, moi ! C'est un lieu de travail, ici.

— Hilda, M. Marlin est un scientifique. Il connaît les dangers de telles manipulations, n'est-ce pas, monsieur Marlin ?

— Bien sûr. N'ayez crainte.

Sabrina saisit le regard que se lançaient Zelda et le magicien. Le courant passait entre eux, elle en était certaine. Zelda rougissait toujours un peu quand elle s'adressait à lui.

« Dommage qu'ils ne puissent pas se rencontrer à Westbridge, dans le futur », pensa-t-elle.

— Bon, occupons-nous à présent de renvoyer Sabrina et Salem chez eux, reprit Zelda.

Elle prit un gros livre relié et se mit à le feuilleter avec attention.

Sabrina la regardait faire, le cœur battant. C'était le même livre de sorts que ses tantes lui avaient offert le jour de ses seize ans quand elles lui avaient appris qu'elle était une sorcière.

— Commençons par le commencement, fit Zelda. (Et levant les yeux vers la jeune fille :) De quel village venez-vous ?

— Euh... Comment vous dire ? En fait, je n'habite pas vraiment ici...

— Oh, vous venez d'un autre pays ? demanda Hilda.

Zelda hocha la tête et sauta plusieurs chapitres.

— Ça change tout, en effet.

— Ce n'est pas vraiment ça non plus. Je viens de Westbridge, une ville qui n'existe pas encore.

Tous les regards se tournèrent vers elle.

Silence consterné.

Sabrina crut comprendre qu'il valait mieux ne pas aborder en plus la question de leur parenté... C'était déjà bien assez compliqué.

— Ce que je veux dire, c'est que Salem et moi n'appartenons pas à votre époque. Nous venons du futur.

Hilda, Zelda et Marlin en restèrent sans voix.

Le magicien fut le premier à rompre le silence :

— C'est extraordinaire ! Quand vous me parliez de voyage dans le temps, je n'avais pas imaginé une seule seconde que vous l'aviez expérimenté ! Comment avez-vous accompli ce prodige ?

— Pour tout vous dire, je ne le sais trop moi-même... Et c'est bien ça, le problème. J'ai lancé un sort de téléportation en catastrophe et je me suis retrouvée ici. Depuis, impossible de retourner à mon époque. Mes pouvoirs refusent d'inverser le processus.

Zelda fit la moue et poussa un profond soupir.

Pas très encourageant.

— Ça ne va pas être simple, déclarat-elle. Père nous a parlé des voyages spatio-temporels, mais nous n'avons pas encore étudié le sujet.

Marlin vint se poster derrière elle et jeta un coup d'œil sur le livre de magie par-dessus son épaule.

— En conjuguant nos efforts, peut-être arriverons-nous à trouver une solution.

Il se pencha et tourna quelques pages.

Leurs mains s'effleurèrent.

La jeune femme rougit et lui adressa un sourire timide.

— Hum, fit Hilda. Restons concentrés, voulez-vous ? (Puis à l'attention de Sabrina :) Je ne comprends pas, c'est toujours elle que les intellectuels préfèrent. Ce n'est vraiment pas juste ! Qu'est-ce qui cloche chez moi ?

Sabrina se retint pour ne pas éclater de rire. Elle croyait entendre Hilda des siècles plus tard se plaindre de ses petits amis, plus farfelus les uns que les autres.

Il ne fallut pas moins d'une heure de réflexion, de discussion et de tests pour que les sœurs Spellman et Marlin mettent au point la recette d'une potion susceptible de restaurer les pouvoirs de Sabrina.

Il ne leur manquait qu'un œil de dragon...

— Pas très appétissant... lança Salem qui s'amusait à courir après une pauvre petite souris grise.

— Je reconnais que cela donne un goût affreux à la potion, mais c'est un ingrédient indispensable.

— Comment va-t-on faire pour s'en procurer ? Les dragons ne courent pas les rues... et ils ne se laissent pas éborgner facilement !

— Je sais où il y en a un, intervint Sabrina en souriant. Et pour cela il faut que je retrouve un vieil ami à moi. Si vous voulez bien m'aider...

Zelda acquiesça d'un signe de tête, mais Hilda s'interposa :

— À mon tour ! Où veux-tu aller ?

9

Dans l'antre du dragon

Plouf !

— Au secours ! Je me noie ! beuglait Salem.

Le sort de Hilda les avait envoyés direct dans une cuve pleine d'hydromel des caves du comte de Kensington.

— Bravo ! grommela Zelda en reprenant son souffle.

Les cheveux plaqués sur le visage, elle ne voyait plus rien.

— Bon, mon sens de l'orientation laisse un peu à désirer, mais cela ne fait qu'un mois que j'ai appris ce sort !

Sabrina s'agrippa aux rebords de la cuve et tira Salem hors de l'eau.

Trempés de la tête aux pieds, ils étaient tous en piteux état.

— Ne vous en faites pas, je m'y prendrai mieux la prochaine fois, leur promit Hilda avec un sourire contrit.

— Il n'y a pas de prochaine fois qui tienne. C'est moi qui m'occuperai de nos déplacements, à présent.

— Ce n'est pas juste ! Moi aussi j'ai le droit d'utiliser mes pouvoirs.

— Ce n'est pas le moment de s'entraîner. J'ai plus de pratique que toi, alors laisse-moi faire.

— Mesdemoiselles, nul besoin de vous chamailler, intervint Marlin. Nous ne sommes pas là pour faire un concours, mais pour aider Sabrina.

Il essora sa longue barbe blanche et caressa Salem pour le réconforter.

Hilda bouda un peu puis finit par se résigner.

Zelda fit pleuvoir de l'eau de source pour les rincer et invoqua un vent chaud pour les sécher.

— Pas la peine de frimer ! marmonna Hilda.

Ensuite Zelda récita une incantation que Sabrina entendit à peine. Aussitôt, elle sentit les atomes de son corps pétiller joyeusement. L'instant d'après, elle se trouvait en haut d'un massif surplombant la forêt.

— Wouah, j'adore ! On peut recommencer ? demanda Salem.

— On n'a pas le temps, le rappela à l'ordre Sabrina.

Elle scruta les environs dans l'espoir d'apercevoir la seule personne qui puisse lui fournir l'ingrédient manquant à la potion magique. Soudain, une vive lumière attira son regard. On aurait dit des éclairs, ou plutôt des gerbes de flammes. Il y avait là de la magie, sans aucun doute.

— Le dragon... murmura-t-elle.

— Hum... Je crois que je vais rester ici pour protéger les arrières. Ce gros rocher m'a l'air d'être un poste idéal d'observation ! déclara Salem, toujours aussi courageux.

Avec fébrilité, Sabrina chercha sur les flancs des montagnes avoisinantes...

« Où est-il ? »

Elle le vit enfin. Seul et bravant le danger,

Arthur défiait le monstre de feu. Il n'était qu'un petit insecte face à ce gigantesque animal, mais sa détermination n'était pas moindre.

« Mon chevalier servant... »

Le rouge lui monta aux joues... et son cœur faillit s'arrêter quand elle vit les flammes lécher son armure rutilante.

— Arthur ! cria-t-elle, horrifiée.

« Il va se faire carboniser... Tout ça à cause de moi ! S'il ne m'avait pas rencontrée, il serait en train de jouer au basket. Euh... ça n'existait pas encore. Il ne serait pas là, en tout cas. Je dois agir ! »

— Attendez, Sabrina ! s'écria Marlin.

Trop tard.

Elle courait déjà au secours de l'intrépide jeune homme, aussi vite que sa robe le lui permettait.

— Arthur ! Arthur !

Au son de sa voix, ce dernier fit volte-face et son visage s'illumina soudain, mais se renfrogna aussitôt.

— Sabrina ! Que faites-vous ici ? Ce n'est pas un endroit pour une dame !

— Je ne suis pas une dame ! Enfin... je veux dire...

Arrivée à sa hauteur, elle se jeta contre lui et serra ses mains dans les siennes.

— Je suis une dame, mais pas de celles qui brodent au coin du feu toute la journée. Il faut que vous sachiez que je viens du futur. Dans mon monde, les femmes ne sont pas seulement des objets de dévotion, elles savent se défendre toutes seules.

— Sabrina... balbutia-t-il d'une voix tremblante. Je vous... je vous aime. J'ai *envie* de vous défendre et de m'occuper de vous. C'est la seule raison d'être des chevaliers ! C'est ce qu'on nous apprend à l'école...

— Je sais, pourtant je vous assure que je peux me débrouiller toute seule.

Arthur laissa retomber son épée, abattu.

— Je ne sers à rien, moi, alors...

Il avait l'air tellement triste qu'elle regrettait déjà ses paroles.

— Je n'ai pas dit que je n'avais pas du tout besoin de vous. Bien au contraire, je suis justement venue chercher votre aide. Il me faut absolument un œil de dragon pour pouvoir rentrer chez moi... Si on combattait celui-ci ensemble ?

Une lueur d'espoir brilla dans les yeux du jeune homme.

— Vous êtes une personne étonnante, Sabrina, et... cela me plaît de plus en plus.

Elle esquissa un sourire amusé.

— Eh bien, nous avons un dragon à trucider. Allons-y !

Ils menèrent donc l'assaut de front. Quelle bataille ! L'animal fabuleux s'était retranché dans sa tanière et crachait des torrents de flammes à chacune de leur tentative d'approche.

« Ce n'est pas comme ça qu'il faut s'y prendre... » songea Sabrina.

Elle jeta un coup d'œil à son compagnon. Le pauvre était en train de rôtir dans son armure !

— J'ai une idée, Arthur : vous restez ici pour faire diversion et moi, j'en profite pour l'attaquer par-derrière.

— Non, Sabrina, c'est trop dangereux. Je ne peux vous laisser prendre de tels risques ! C'est...

— Tsss... On ne discute pas. Et surtout,

ne bougez pas d'ici. Ne vous inquiétez pas pour moi, j'ai connu des situations bien pires.

Il fit la moue mais se résigna. Il essuya la sueur de son front d'un revers de main et brandit son épée en l'air.

— D'accord, je ferai de mon mieux pour détourner son attention... Jamais je n'aurais imaginé laisser une femme aller au front !

— Un peu de nouveauté et une manière différente de voir les choses permettent souvent d'avancer. Et puis, cher Arthur, avez-vous songé à enlever cette armure ? Vous êtes en train de cuire, là-dedans !

— Si je l'enlève, je ne serai plus...

— ... un preux chevalier ? Je ne crois pas que ce soit l'armure qui fasse le chevalier. C'est plutôt un état d'esprit.

— Vraiment ?

— L'armure n'est qu'un accessoire. Vous serez tout aussi brave et efficace sans.

Il la dévisagea longuement, plongeant ses beaux yeux bleus dans les siens, comme s'il cherchait à lire dans ses pensées.

— Personne ne m'avait jamais parlé de la sorte, gente damoiselle.

— Oh, ce n'est pas la peine non plus de me donner du « gente damoiselle » à tout bout de champ. J'avoue que c'est flatteur, mais je ne suis qu'une fille ordinaire. Appelez-moi Sabrina, comme tout le monde.

— D'accord... Sabrina. Vous vous trompez cependant sur un point : vous êtes loin d'être ordinaire.

Il posa son épée à terre, se débarrassa de son imposante armure et prit la jeune fille par la main.

— Bonne chance, Sabrina. Mon cœur est avec vous.

— Bonne chance, Arthur.

Elle serra sa main puis tourna les talons et s'éloigna.

Retroussant sa robe, elle escalada les parois rocheuses de la montagne. C'était la première fois qu'elle partait chasser un dragon.

« Si seulement j'étais en jean, ce serait plus pratique ! »

Ce qui était bien au XXIe siècle, c'était qu'une fille pouvait s'habiller en jupe ou en pantalon sans renoncer à sa féminité ! Pas étonnant qu'avec ces robes de princesse les femmes du Moyen Âge restent à broder au coin du feu... Impossible de faire quoi que ce soit !

Mais Sabrina n'était pas l'une d'elles. Rien ne l'empêcherait d'aller tuer ce dragon et de lui prendre un œil. Son retour à la maison en dépendait !

Encore fallait-il savoir comment s'y attaquer... Ce genre de monstre ne devait pas être très facile à massacrer...

La seule solution qu'elle voyait pour l'instant était d'utiliser ses pouvoirs... en croisant les doigts pour qu'ils marchent !

Elle distingua alors une trouée dans la roche. Sans doute un accès à l'antre du dragon.

Elle s'approcha aussi discrètement que possible, mais une brindille craqua sous ses pieds...

« Zut ! »

Elle sentit alors un regard lourd et menaçant se poser sur elle. À quelques centimètres de son nez : l'œil vert émeraude de l'animal.

Ce dernier poussa un grondement sourd

en guise d'accueil. Le sol trembla et Sabrina faillit en tomber à la renverse.

— Je suis grillée ! gémit-elle.

Immobile, les yeux fermés, elle s'attendait à vivre les derniers instants de sa vie.

10

Faut pas pleurer comme ça !

« Ouf, je suis toujours vivante... Qu'est-ce qui se passe ? »

Elle rouvrit doucement les yeux pour voir ce que fabriquait le gros reptile vert.

Grrrrrroarrr !

— Aaaah !

Sabrina se retrouva sur les fesses.

— Arrête ça tout de suite ! rugit-elle en retour sans réfléchir. Mange-moi toute crue ou grille-moi comme un toast, mais ne me fais pas peur ! Ce n'est pas sympa de jouer avec mes nerfs !

Puis elle réalisa qu'elle venait de hurler après un animal féroce et sanguinaire qui faisait vingt fois sa taille... Elle mit sa main devant la bouche et se figea.

« Bravo ! Tout ce que je trouve à faire face à un dragon, c'est de l'insulter ! Il va être fou furieux, maintenant... »

Jamais elle n'aurait imaginé ce qui arriva ensuite.

Le dragon explosa en sanglots.

De grosses larmes roulèrent sur ses joues et arrosèrent Sabrina de la tête aux pieds. Elle bondit sur le côté pour échapper à cette cascade d'eau brûlante et salée, et se remit debout. Elle resta ainsi de longues minutes à le regarder pleurer comme un gros bébé.

— Hum... finit-elle par dire avec douceur. Ça va ?

— Pourquoi t'as crié comme ça ? Je t'ai rien fait, moi !

— Parce que tu m'as fait peur !

Il essaya de refouler ses larmes et bredouilla en hoquetant :

— Pardon. Mais tu voulais m'attaquer par-derrière.

— Et toi, tu t'en es pris à mon ami Arthur !

— C'est lui qui a commencé.

— Attends une minute, fit-elle, les mains sur les hanches, tu veux dire que tu n'es méchant que parce qu'on s'attaque à toi ?

— Ben, oui.

Il renifla.

— Enfin quelqu'un qui me comprend !

Et il sanglota de plus belle.

— Allez, c'est fini, maintenant. On ne te fera aucun mal.

Elle eut un pincement au cœur car elle savait très bien que ce n'était pas tout à fait vrai... Difficile en effet de lui ôter un œil sans lui faire de mal...

Et puis, elle commençait à se prendre d'affection pour cette immense créature qui n'avait d'effrayant que sa taille. Loin d'être monstrueux, ce dragon était même plutôt joli, avec ses écailles luisantes et ses grands yeux couleur émeraude. Il fallait vraiment être cruel pour s'attaquer à un être aussi gentil et sensible.

Elle s'approcha de lui et le tapota derrière l'oreille.

— Allez, allez, sèche tes larmes.

Il poussa un profond soupir et esquissa un sourire timide.

— Est-ce que je vais embêter les autres chez eux, moi ? Je ne demande jamais rien à personne. Comment tu te sentirais, toi, si tous les chevaliers de la terre s'acharnaient à vouloir te trucider pour les beaux yeux de leur petite copine ?

Sabrina se mordit les lèvres et hocha la tête en signe de compassion.

— Je crois que cela m'énerverait à la fin... admit-elle. Mais qu'as-tu besoin de garder un trésor dans ton antre ? Ça ne fait qu'attirer les gens ! Et qu'est-ce tu peux bien faire avec tout cet or et ces bijoux ?

— Au début, cela ne me dérangeait pas de partager mon trésor, mais les hommes n'ont aucune manière, ils ne demandent jamais la permission ou ne disent jamais merci, alors, j'en ai eu assez. Maintenant, gare à qui veut s'en approcher de trop près !

— Je te comprends !

Elle s'assit sur un rocher et réfléchit à ce qu'elle allait faire. Le dragon posa sa tête sur le sol, face à elle.

Il avait vraiment de beaux yeux, d'un vert profond et scintillant.

— Tu es la fille la plus gentille que j'aie jamais rencontrée. Comment t'appelles-tu ?

— Sabrina.

Il sourit.

— C'est joli. Moi, c'est Charles.

— Charles ?

— Oui. Tu n'aimes pas ?

Elle examina son immense visage vert et sourit.

— Ce prénom te va à ravir.

— Dis-moi, Sabrina, pourquoi es-tu venue jusqu'ici ?

Il lui faisait confiance, maintenant, elle ne pouvait pas lui mentir. Mieux valait être honnête.

— Je te rassure tout de suite, je n'ai plus l'intention de faire ce pour quoi j'étais venue. (Elle s'éclaircit la gorge.) J'ai besoin d'un œil de dragon pour composer un sort qui me permettrait de rentrer chez moi... Mais, ne t'inquiète pas, je ne vais pas t'éborgner.

La réaction de Charles fut encore plus surprenante que sa crise de larmes : il se tordit de rire. Un rire tonitruant qui le secoua tout entier.

— Je ne vois pas ce qu'il y a de drôle !

— Je connais ce sort, réussit-il à expliquer entre deux gloussements. Ce que vous pouvez être bêtes parfois, les sorcières ! Il ne s'agit pas d'un vrai œil de dragon, mais d'une émeraude appelée « Œil de dragon ».

— C'est génial !

— Euh... Pas vraiment.

— Je ne comprends pas, pourquoi ?

— Ces pierres sont extrêmement rares. J'en avais une dans mon trésor et je te l'aurais donnée avec plaisir, hélas je ne l'ai plus. Il y a deux ans, je me suis coincé la patte arrière entre deux gros rochers. J'avais beau tirer de toutes mes forces, impossible de me dépêtrer de là. Par chance, un sorcier passait dans les parages et m'a libéré. Tout autre homme se serait enfui en courant ou, pire, en aurait profité pour me couper la tête et l'exhiber comme trophée. Pour remercier ce sorcier, je l'ai laissé choisir ce qu'il voulait dans mon trésor. Il a pris l'Œil de dragon, l'a monté en collier et l'a offert à sa fille aînée en cadeau d'anniversaire.

Sabrina en resta bouche bée.

« Ne serait-ce pas... »

Elle tira le collier de tante Zelda caché dans le revers de sa manche et tendit la pierre à Charles.

— Tu la reconnais ?

— Oui, c'est bien elle !

Ses yeux s'arrondirent de surprise, puis il examina le bijou avec attention.

— Beau travail d'orfèvrerie...

Il se figea soudain et lança un regard soupçonneux à la jeune fille.

— Comment se fait-il que tu l'aies en ta possession ?

— J'ai emprunté cette robe à la fille du sorcier, qui se trouve être ma tante. Le collier était caché dans une poche secrète cousue dans la manche. Je ne savais pas qu'il avait tant de valeur...

— Oh, il en a bien plus que tu ne peux l'imaginer ! L'Œil de dragon renferme une très grande puissance magique.

Fascinée, Sabrina regarda la pierre de plus près. Elle scintillait de mille feux.

— Que permet-il de lancer, comme sort ?

— Il donne à celui qui le possède le pouvoir de se retrouver chez lui en un clin d'œil, où qu'il soit.

L'apprentie sorcière fronça les sourcils.

— Je ne comprends pas... J'ai dû essayer de rentrer chez moi une bonne dizaine de fois sans réussir à quitter un petit village que je ne connaissais même pas. J'avais pourtant l'Œil de dragon sur moi. Je revenais toujours au même endroit.

Charles sourit, amusé.

— Réfléchis un peu et devine pourquoi la pierre t'a envoyée dans ce village et nulle part ailleurs. Ce n'est pas très compliqué...

Elle se rassit et retourna la situation dans tous les sens.

— Mais oui, bien sûr ! s'écria-t-elle tout à coup. Il donne à *celui qui le possède* le pouvoir de rentrer chez lui en un clin d'œil.

— Voilà, tu as tout compris. Chaque fois que tu souhaites rentrer à la maison, la pierre t'envoie chez ta tante, parce que le collier lui appartient.

— Tante Zelda vivait au Moyen Âge quand son père le lui a offert, c'est pour ça que je suis ici ! Tout s'explique...

Sabrina réfléchit un instant.

— Viens avec moi, j'aimerais te présenter à mes amis.

— C'est vrai ?

Le dragon avait l'air si ému de cette proposition qu'elle craignit qu'il ne se remette à pleurer. De joie, cette fois-ci.

— Retiens tes larmes, le taquina-t-elle, ou on finira tous noyés.

Il gloussa et la suivit d'un pas joyeux.

— Moi, pleurer ? Mais pour qui tu me prends ? Je suis un dragon féroce, tu sais !

Une fois qu'ils furent arrivés devant l'antre de Charles, l'apprentie sorcière appela ses compagnons :

— Ohé ! C'est moi ! Venez ! Il n'y a plus aucun danger ! J'aimerais vous présenter quelqu'un.

À la vue de Charles, Arthur s'élança, arme au poing.

— J'arrive, Sabrina ! Je viens vous sauver !

— Baissez votre épée, Arthur ! Je suis avec un ami.

C'est ainsi qu'elle présenta le dragon au chevalier.

— Vous ne cessez de m'étonner, Sabrina, avoua le jeune homme. Jamais je n'avais rencontré une personne comme vous.

— Moi non plus, convint Charles.

Salem pointa sa tête entre deux rochers, vit qu'il n'y avait plus rien à craindre et fit irruption parmi eux.

— Dommage qu'il n'y ait pas de marshmallows. Ton nouvel ami nous les aurait grillés !

— Qui a dit qu'on n'en avait pas ? lança Sabrina en zappant un énorme paquet de marshmallows.

— Vos pouvoirs marchent de mieux en mieux, constata Marlin qui vint les rejoindre, suivi de près par Hilda et Zelda.

Sabrina raconta tout ce qu'elle avait appris de Charles et révéla ce qu'était un Œil de dragon.

Pendant ce temps, Charles rôtit des brochettes de bonbons qu'ils grignotèrent de bon appétit.

— Je me disais bien que cette robe me rappelait la mienne, mais je n'ai pas osé t'en parler, avoua Zelda. Il y a un petit détail qui m'échappe : que fais-tu avec ? Il me semble pourtant l'avoir rangée dans mon armoire...

Sabrina dévisagea ses tantes avec tendresse.

« Dois-je leur dire ou pas ? Est-ce bien raisonnable ? »

— Voilà... dans le monde d'où je viens, dans le futur... vous êtes, ou du moins, vous serez mes tantes.

— Tu veux dire que...

— Edward, votre frère, est mon père.

— Oh non ! Il est en Afrique en ce moment. Il va être déçu de t'avoir manquée.

— Je crois que c'est mieux ainsi. C'est déjà bien assez bizarre de vous rencontrer avant même d'être née, alors je préfère éviter mon propre père.

Les deux sœurs la serrèrent dans leurs bras, puis Hilda se tourna vers son aînée, les poings sur les hanches.

— Tu vois que ce n'est pas moi qui ai perdu ton collier ! Quand je pense que ça fait des années que tu m'embêtes avec ça !

— Je ne t'ai jamais accusée de l'avoir perdu ! Je disais seulement que tu me l'avais emprunté.

— La prochaine fois que tu rangeras tes affaires dans des poches secrètes, ne m'accuse pas de les égarer !

« Oh non, ça recommence... »

Mais, au lieu de se chamailler à nouveau, Zelda se pencha vers Hilda et déclara d'une voix douce :

— Excuse-moi. J'aurais dû te croire quand tu me disais que tu n'y étais pour rien.

Hilda sourit.

— Je m'excuse aussi. C'est ma faute. Je prends souvent tes affaires sans te demander la permission. Je ne le ferai plus, promis.

— C'est bon, prends ce que tu veux, cela ne me dérange pas.

Il se mit soudain à pleuvoir des torrents... d'eau salée.

— J'adore quand les gens se réconcilient... sanglota Charles.

— Arrête ! Tu mouilles tous les marshmallows ! gronda Salem.

Cela fit rire le dragon et il sécha ses larmes d'un coup de souffle brûlant.

11

Et si ça ne marchait pas ?

De retour chez les sœurs Spellman, tout
le monde réfléchit à la façon de renvoyer
Sabrina et Salem chez eux. Tout le monde,
sauf Arthur, qui ne voulait surtout pas
qu'elle s'en aille. Mais il dut s'y résoudre,
car elle ne pouvait rester indéfiniment dans
le passé.

— Je dois y aller, lui dit-elle à contre-
cœur.

Zelda et Marlin mettaient la touche finale
à la fameuse potion magique.

— Pour que l'Œil de dragon agisse sur
une autre personne que moi, déclara la
jeune femme, ajoutons un mélange d'her-

bes : un peu de sauge, de mandragore et de sarriette.

Le magicien l'aida à trier et piler les feuilles séchées puis ils les ajoutèrent à leur mixture.

— Voilà, cela devrait te ramener chez toi, fit Zelda à Sabrina. Prête ?

Cette dernière regarda tour à tour ses deux tantes, Marlin, l'enchanteur scientifique, Charles, le dragon au cœur sensible, et enfin Arthur, le beau et courageux chevalier.

— Vous allez me manquer... confia-t-elle d'une voix étranglée.

Les larmes lui montaient aux yeux et elle regrettait presque de partir. Elle retrouverait ses tantes – avec quelques années de plus, bien entendu – mais pas ses nouveaux amis...

Zelda la prit par les épaules et lui promit avec tendresse :

— Nous serons toujours avec toi, dans ton cœur.

Sabrina hocha la tête, trop émue pour répondre.

Salem lui sauta dans les bras.

— Tour de contrôle, l'équipe est prête pour le décollage, à vous !

Marlin tendit un verre d'une boisson fumante à la jeune fille.

— Tenez, buvez-le.

L'odeur était épouvantable. Elle retint sa respiration et avala l'horrible breuvage d'une seule traite.

— Dépêchez-vous ! lança Zelda aux autres. Nous devons former un cercle autour d'eux.

Main dans la main, ils énoncèrent les mots de la formule magique :

Nous invoquons la puissance de l'Œil de dragon,
que nos deux amis retrouvent leur maison,
que cette potion aux herbes variées,
sur eux fasse son effet.

— Hé, qu'est-ce que « invoquer » veut dire ? demanda Salem.

— Ça veut dire qu'ils font appel à la puissance de l'émeraude, qu'ils l'implorent, quoi ! lui expliqua Sabrina à l'oreille.

— Ah, d'accord...

Il se blottit dans le creux de son épaule et croisa les pattes au-dessus de sa tête.

L'apprentie sorcière ferma les yeux, le cœur battant.

— Il faut que ça marche, il faut que ça marche ! murmurait-elle.

Il ne se passa rien pendant les premières secondes.

« Oh non... Qu'est-ce qui ne va pas, cette fois-ci ? »

C'est alors qu'un léger picotement lui parcourut le corps. Elle sentit Salem s'agiter et se tortiller, puis entrevit à travers ses paupières fermées un éclair éblouissant.

Rien qu'à l'odeur, elle pouvait dire qu'elle avait changé d'époque ! Ce n'était pas que le futur sentait particulièrement bon, il ne sentait juste *rien*.

— Oh zut ! Qu'est-ce que j'ai fabriqué ? fit une voix familière.

C'était celle de Zelda, à n'en pas douter.

12

Retour vers le futur

Sabrina rouvrit les yeux.

Pendant un moment, elle crut qu'elle était encore coincée dans le passé... Tout le monde autour d'elle était habillé comme au Moyen Âge et les maisons étaient de simples chaumières !

Zzzzip ! Une flèche lui passa à quelques centimètres du nez et atteignit sa cible en plein mille.

De l'autre côté de la place, elle aperçut Richard jeter sa cape aux pieds d'une jeune fille.

— On est rentrés ! s'écria-t-elle. On est de nouveau à la fête médiévale ! Youpi !

Elle dansa de joie, faisant tournoyer

Salem qui s'agrippait de toutes ses forces à son épaule.

Puis elle se figea net.

Zelda, Hilda, Marlin et même Charles étaient là...

— Que s'est-il passé ? Que faites-vous ici ? Je ne suis donc pas rentrée à la maison ?

— Toi si, mais pas nous ! marmonna Zelda.

— Le sortilège nous a projetés dans le futur avec toi, ajouta Marlin d'un air enthousiaste.

Hilda ne dit rien, trop occupée à lorgner les beaux garçons. Quant à Charles, il était pétrifié de peur.

Sabrina observa avec inquiétude la réaction des gens autour d'eux. Mais personne ne semblait se rendre compte qu'un vrai dragon se trouvait là !

— Peut-être croient-ils que c'est un faux. On est dans une fête foraine, après tout. Il peut très bien passer pour une attraction.

Mais Sabrina savait que la supercherie ne durerait pas longtemps.

— Allons dans un endroit plus calme, suggéra-t-elle en les entraînant dans les sous-bois.

Une fois à l'abri des regards, elle les zappa tous dans le salon des sœurs Spellman. Il ne lui fallut pour cela qu'un sort mineur de téléportation.

Tante Zelda – sa version adulte – était en train de lire une revue scientifique sur le canapé. Elle leva les yeux de son magazine et décroisa les jambes.

— Tiens, Sabrina, tu es rentrée à la maison. On se demandait si...

Bouche bée, Zelda fixait les compagnons que sa nièce avait ramenés avec elle, y compris la version adolescente de sa sœur et d'elle-même.

Contre toute attente, la sorcière garda son calme, ne s'émut pas outre mesure, ne cria ni ne s'évanouit. Elle garda toutefois une main sur son front un bon moment. Puis elle retira ses lunettes et les posa sur la table.

— Hilda ! appela-t-elle. Pourrais-tu nous préparer du café, s'il te plaît ?

— Avec plaisir, lui répondit sa jeune sœur de la cuisine.

— Fais-le corsé !

Ce ne fut pas évident de tout leur expliquer, Sabrina s'emmêla d'ailleurs un peu les pinceaux. Mais Zelda avait des siècles d'expérience en matière d'imbroglios magiques et de sortilèges tordus, et elle parvint à reconstituer le parcours de sa nièce.

Pour commencer, elle réduisit la taille de Charles à celle d'un petit lézard, au cas où un mortel viendrait leur rendre une visite à l'improviste. Puis elle fouilla dans son laboratoire et trouva une potion pour fusionner les deux versions d'elle-même et de sa cadette. Cela faisait trop bizarre de se voir avec des siècles de différence !

Encore plus séduit par l'adulte que deviendrait Zelda, Marlin l'invita à sortir avec lui et réfléchit sérieusement à l'éventualité de venir vivre au XXIe siècle pour continuer ses recherches.

Ils dînèrent tous ensemble. Sabrina zappa un véritable festin et Salem n'eut pas à se plaindre. Le ventre rond, il s'installa sur ses genoux quand, à la fin du repas, elle se réfugia sur le seuil de la maison pour admirer les étoiles. Soulagée d'être enfin rentrée chez elle, la jeune fille se réjouissait aussi d'avoir appris autant de faits sur le Moyen Âge. C'était bien mieux de le vivre soi-même que de le lire dans les livres d'histoire !

Puis elle repensa à Arthur...

Qu'était-il advenu de lui ? Pourquoi n'avait-il pas été lui aussi projeté dans le futur ? Peut-être ne s'était-il pas joint à eux pour former le cercle. Elle se remémora les instants qui avaient précédé son retour, mais ne parvint pas à voir la scène avec précision.

« Je ne lui ai même pas dit au revoir... »

Il avait de si beaux yeux !

Et il était si gentil...

« C'était un amour impossible, de toute façon », essaya-t-elle de se convaincre. « Nous n'appartenons ni à la même époque, ni au même monde... » Les histoires entre magiciens et mortels finissent mal en général ; elle était bien placée pour le savoir. Trop de choses les séparaient, ce n'était pas comme Zelda et Marlin qui, au moins, partageaient la même passion du savoir. En plus, Marlin était aussi en quelque sorte un magicien.

Quand Sabrina se rendit au café ce soir-là pour prendre son service, rien n'avait changé. Il y avait toujours autant de monde et les clients étaient toujours aussi désagréables.

Des adolescents avaient laissé leur table dans un état lamentable. Elle dut ramasser le sucre renversé partout et nettoyer le chocolat sur les banquettes. Ils s'étaient même amusés à tordre les jolies cuillères en argent des pots de crème.

Josh lui dit de ne pas s'en faire, que cela arrivait tout le temps et que ce n'était pas grave.

À partir de dix heures, le café se vida peu à peu et Sabrina put souffler enfin. Un couple de personnes âgées vint s'installer à l'une des tables du fond. Ils commandèrent des cappuccinos et les dégustèrent en silence.

Josh alla dans la réserve faire l'inventaire

et préparer les commandes pour le lendemain tandis que Sabrina nettoyait les tables,
remettait les chaises en place et passait la
serpillière derrière le comptoir.

Juste au moment où elle finissait, la son-
nette de la porte d'entrée annonça l'arrivée
d'un dernier client.

Elle leva la tête, le sourire aux lèvres,
prête à le saluer, quand...

Son cœur cessa de battre.

Ce garçon, avec ses cheveux d'un noir de
jais et ses yeux si bleus... Serait-ce... ?

« Mais non, voyons, ne sois pas bête ! »

Puis elle se renfrogna aussitôt en le recon-
naissant : c'était un de ceux qui étaient partis sans payer la veille !

— C'est fermé ! déclara-t-elle d'une voix
dure.

Il jeta un coup d'œil autour de lui, aperçut le couple du fond et sourit, amusé.

— Vous voyez bien que non.

Elle le défia du regard.

— Ce sont mes grands-parents, mentit-
elle avec aplomb. Ils m'attendent pour me
raccompagner chez moi.

— Je sais que vous ne fermez pas avant

minuit le samedi soir, rétorqua-t-il avec douceur.

— Où sont passés vos copains, ou devrais-je dire : vos complices ? contre-attaqua-t-elle, sourcils levés.

Il rougit.

« Ah, quand même ! »

Il était mignon comme tout quand il rougissait, ne put-elle s'empêcher de remarquer. Elle-même eut du mal à ne pas devenir rouge pivoine quand il la fixa droit dans les yeux et lui répondit avec calme :

— Ce ne sont plus mes amis.

— Ah bon ? Vous aviez pourtant l'air de bien vous entendre.

— Hier soir ? Oui, on s'amusait bien et je les trouvais drôles jusqu'à ce que j'apprenne ce qu'ils vous ont fait.

— Tiens donc...

— C'est vrai, je vous assure que je ne savais pas qu'ils étaient partis sans payer. Jeremy avait laissé une enveloppe sur la table en me disant qu'il avait finalement trouvé du liquide. Il était même censé vous avoir donné un gros pourboire. On ne vous a pas attendue parce qu'on ne voulait pas louper la séance de cinéma.

— Il y avait bien une enveloppe sur la table.

— Jeremy m'a avoué ce qu'il avait écrit il y a une heure à peine.

— Et ?

— Je lui ai dit que c'était un imbécile et que je n'avais plus rien à faire avec lui et ses copains.

Sabrina n'en crut pas ses oreilles.

— Vraiment ? Tu lui as dit ça ?

— Bien sûr.

Elle lui sourit.

Il tira son portefeuille de la poche de son blouson et lui tendit deux billets de dix.

— Est-ce que cela sera suffisant ? En comptant le pourboire, bien entendu.

— Oui, cela ne faisait même pas dix-sept dollars.

— Bon, je dois y aller, maintenant. Je suis désolé pour hier.

Il lui fit un signe de la main et tourna les talons.

— Attends !

Il fit volte-face et la fixa droit dans les yeux.

Ses magnifiques yeux bleus...

Sabrina se surprit à l'imaginer en armure de chevalier.

— Pourquoi es-tu revenu ? lui demanda-t-elle. Rien ne t'y obligeait. La plupart des gens ne l'auraient pas fait.

Il fronça les sourcils.

— Parce qu'il le fallait... Je ne voulais pas que tu aies des problèmes à cause de nous. (Il sourit, un peu gêné.) Je me suis dit que tu aurais peut-être besoin d'un chevalier servant pour te tirer de ce mauvais pas.

Elle déglutit avec peine, la gorge soudain très sèche.

— Sabrina ! l'appela Josh de la réserve.

— Euh... oui ?

— C'est plutôt calme ce soir, tu peux y aller si tu veux.

— D'accord. C'est gentil, merci.

Josh passa sa tête dans l'encadrement de la porte et lui lança un clin d'œil complice.

— À plus !

Le garçon aux yeux bleus était toujours là, les mains fourrées dans ses poches.

— Ce serait plus prudent que quelqu'un te raccompagne chez toi, balbutia-t-il dans un souffle.

Elle faillit lui répondre qu'elle pouvait très bien faire le chemin toute seule et qu'elle n'avait besoin de personne... mais il était trop mignon ! Quel mal y avait-il à se promener en charmante compagnie ?

— Attends-moi, je vais prendre ma veste et j'arrive tout de suite.

Elle se dépêcha de prendre ses affaires au vestiaire tandis qu'il l'attendait à l'extérieur.

Ils marchèrent un moment en silence et elle se rendit compte qu'elle ne connaissait même pas son prénom.

— Au fait, comment t'appelles-tu ?

— Arthur.

— J'aurais dû m'en douter, murmura-t-elle tout bas. Je m'appelle Sabrina.

— Je sais.

— Comment ça ?

Il désigna le café de la tête.

— Josh t'a appelée Sabrina tout à l'heure.

— Oh, bien sûr.

Elle rougit et se mordit les lèvres.

Qu'allait-elle imaginer ? Ce ne pouvait pas être possible.

— Mais j'ai l'impression de t'avoir déjà vue... ajouta-t-il, pensif. Sur le campus, peut-être ? Ou peut-être ailleurs...

Elle hocha la tête et sourit.

— Ailleurs, probablement...

Sabrina

l'apprentie sorcière

Cet ouvrage a été composé
par PCA - 44000 REZÉ

Impression réalisée sur Presse Offset par

BRODARD & TAUPIN

GROUPE CPI

La Flèche (Sarthe), le 07-01-2004
N° d'impression : 21479

Dépôt légal : janvier 2004

Imprimé en France

 12, avenue d'Italie • 75627 PARIS Cedex 13

Tél. : 01.44.16.05.00